恋愛解決部！

叶田キズ
Kanoda Kizu

文芸社文庫

目次

プロローグ

——もうやるしかない。

僕は意を決し、目の前に立つ彼女の口に指を伸ばした。

学校の屋上——僕らの部室で二人きり。辺りは夕焼け色に染まっている。

指先がその柔らかそうな唇に触れかけたとき、手首をぱしっと摑まれた。

「わお、危ない。とうとう直接的手段に出たわね」

彼女は余裕たっぷりに不敵な笑みを浮かべていた。切れ長で大きな目が僕を捉えている。

陶器のように艶やかな黒髪が、秋の風でふわりと舞う。

とても強気な態度の彼女。しかし、その後ろに背負う眩しい夕陽の前では、彼女の影はとても儚く消え入りそうであった。

僕は負けじともう一方の手も伸ばす。しかしこちらもまた、ガードされてしまう。

「あなた、そんなに私の唾液がほしいの？」

「うん、ほしいよ。キミのことがさ、心配なんだ。大切なんだ！」

ずっと面白そうな表情をしていた彼女が、ほんの少しだけ顔を曇らせる。それはどこか、申し訳なさそうな……。

僕は彼女のことが心配だった。彼女はなぜ、あんなことを悩んでいるのか。

ここ数週間、彼女と一緒にさまざまな問題を解決してきた記憶が蘇ってくる。頭を悩ませ、迷い、立ち向かってきた日々は、僕にとってとても大切なものになっていた。

そんな毎日が、失われてしまうかもしれないのだ。

体液だ。体液さえあれば——。

僕は両手首を摑まれたまま、一〇センチほど低いところにある彼女の顔を見つめる。

「な、何よ」

彼女は居心地悪そうに、視線を横に逸らした。

二人で、と言っても、問題を解決してきたのはほぼ彼女だった。僕はいつも手伝いばかり。なら、今度は僕の番だ。

僕は手首を捻り、彼女の手を摑み返した。彼女がはっと瞳を大きくする。それが最後に見た、彼女の表情だった。

僕は目を閉じ、彼女の唇に、自分の口を近づける。

思えば始まりは、最悪だった——。

〈1〉恋の香りと秘めたる想い

気づけば彼女を目で追うようになっていた。

光を受けると透き通りそうな白い肌に、顔を動かす度に毛先を躍らせるさらさらの黒髪。その抜群のコントラストには、唇の薄い赤色がよく映える。切れ長な目はいつも真っ直ぐ何かを見つめているようで、瞳には強い意思がこもって見える。彼女を動物に例えるなら、利発なベンガル猫にそっくりだ。背は女子の中で真ん中くらいだが、痩せ型で細い手足も合わさって、とてもしなやかな感じを受ける。

性格はおとなしく、だけど一人でいるわけでもなくて、いつも数人の友達に囲まれて穏やかに笑っていた。

二年のクラス替えで同じ組になったとき、僕は彼女を一目見ておしとやかな清純派という印象を持った。それは今も変わっていない。そしてその見た目は僕のタイプでもあった。

春がすぎ、夏が終わり、今は秋だ。

僕は次第に、彼女に惹かれていると自覚するようになっていた。そして意識すると余計、彼女のことが気になりだした。

僕は彼女のことを、何も知らないに等しかった。喋ったのは四月の初め頃、英語の授業でペアを組まされたときくらい。そのときは、お互いに英語で自己紹介をし合った。

彼女の英語の発音はとても流暢だった。空気の中をどこまでも伝わっていきそうな透明な声に驚いた。

「白野《しろの》いのり」

僕は彼女の名前を、そのとき初めて知ったかのように繰り返した。彼女は「Yes, I am」と言って頷いた。僕も「上河祐樹《うえかわゆうき》です」と英語で名乗った。

そのあとは、決められた質問に英語で答え合うというのをやる予定だったのだが、先生の時間配分が曖昧で、紙に質問の答えを作っているうちに授業が終わってしまった。

名前の他に、僕が白野さんについて知っているのは、頭がいいということくらい。県立鯉園高校《こいぞのこうこう》では、テストの上位層の順位が廊下に張り出されるのだが、てっぺんにはいつも彼女の名前がある。授業で当てられた際、言い淀む姿なんてまず見ない。

僕は白野さんのことをもっと知りたいと思っていた。

趣味は？　好きな食べ物は？　自分との共通点はないのか？　……恋人はいるのか？

なんでもいい。どんなことでもいいから、僕は白野さんのことが知りたかったのだ。

放課後の教室は柔らかな斜陽に染まっていた。閉め忘れの窓から入ってくるほんのり冷たさの混じる風が、カーテンを揺らしている。運動部がランニングをする声や吹奏楽部が楽器の練習をする音が入り混じって青春のＢＧＭとなっていた。

その日、僕は図書委員の仕事で帰るのが遅くなっていた。カウンターの内側に座って貸出や返却の受付をする仕事は交替制で、月に一度ほどの頻度で回ってくる。当番の日は図書室が閉まる午後五時まで、学校に居残りさせられることになる。

　現在、午後五時一〇分。図書委員の仕事を終えた僕は自席に置いていた鞄を取りに、教室に戻ってきていた。残っているクラスメイトはいない。もうみんなとっくに帰ったか、部活に行ったあとである。

　帰宅部の僕は基本的に、放課後は学校に用がない。さっさと家に帰ろうと学校指定の鞄を肩にかけ、歩きだしたときだった。

　ふと、教室中央の床に、何かが落ちているのに気がついた。

　なんだろうと思い近づいてみると、それは茶色い革製のリコーダーケースだった。芸術の選択科目、僕は美術を選んでいるのだが、音楽を選んだ生徒たちが授業でリコーダーを使っているのは知っていた。誰かが落として帰ったのだろう。落とし主の机に置いておくか。そのときは、それくらいしか思わなかった。

　拾い上げ、ケースの裏にある名前欄を見るまでは。

　白野いのり。名前欄には達筆で、彼女の名前が書かれていた。

　なんとなく、辺りを見回した。

　……誰もいない。

　ファスナーを開けてケースからリコーダーを取り出す。六時間目の音楽の授業で、白野さんが使ったばかりのリコーダー。

　緊張感が高まってくる。ごくりと唾を飲んだ。

　その行動は、ほんの出来心だった。

それほどまでに、僕は彼女のことを知りたいと思っていたのだ。

一瞬、頭の中にあの日の光景がリフレインされ、思わず目を瞑って動きを止める。

しかし僕は首を横に振ると、そっと自分の唇に、リコーダーの吹き口を近づけた。


「何をしているの？」


突然の声に、心臓が跳ね上がった。全身が急激に熱を持ち、頭がくらりと揺れる。

見つかった⁉　僕は恐々、ぎぎぎぎと顔を上げる。いつの間にか教室の入口に、制服のブレザー姿の女子が一人、立っていた。

「う、上河くん？　それって私の……」

そこにいたのはリコーダーの持ち主である白野さん、まさにご本人だった。

「え、や、あ、え……」

瞬く間に僕はパニックに陥った。自分がどんな状況に置かれているのかわからなくなる。

いや、落ち着け。僕はぶるぶると首を振る。

今、僕は白野さんのリコーダーを舐めようとしていたのだ。そこを、見つかって……。

次第に全身の血が下がり、さあっと寒くなる感覚に襲われる。

とにかく何か言わないと！

僕の脳がフル回転で言い訳を探し始める。その間、口からは「え、や、あ、えっと……」と言葉にならない声が漏れ続ける。

しかしこの状況、すぐにうまい言い訳なんて浮かぶはずなく、代わりに呆気に取られていた白野さんがぽつりと呟いた。

「最低……」

終わった、と思った。白野さんに嫌われてしまった。リコーダーに手を出したのは、ちょっとした心のはずみだったのだ。だがそのせいで、もう彼女が僕に向かって笑いかけてくれることは、きっとない。

「リコーダーを落としたのに気がついて取りにきたら、この有様。ほんっと気持ち悪い」

厳しい声音《こわね》が耳に届いた。クラスではおしとやかで深窓の令嬢然とした雰囲気の白野さんだが、こんな気の強い面もあったようだ。最初はびっくりしたように見開かれていた目が、今は侮蔑混じりに細められている。

ああ、どうしてこんなことになってしまったのか。やっぱり、こんな能力《ちから》を使おうとしてしまったから。それも、私利私欲のために――。

僕が後悔に苛まれていると、白野さんがこちらに近づいてくる。そして、何も言えずにいた僕の手から、リコーダーを奪い取る。

「あっ」

だが、その彼女の行動が、思いがけない展開に繋がった。

僕の手の中をリコーダーが抜けていく。まだ少し唾液で湿った吹き口が、指先に触れた。

これなら能力を使える。

白野さんはさらに僕の手からリコーダーケースもひったくり、踵を返す。

本当はこんな能力、使いたくないのだ。だけど、白野さんのことを一つでも多く知りたい。逡巡ののち、僕はかすかに濡れた指先を自分の口に運んでいた。次の瞬間、

『飛び降りがいいか。それとも首吊り？　手首を切る？　やっぱり死ぬなら飛び降りが手っ取り早くて――』

彼女の思考が、僕の脳内に流れこんできた。

僕はその予想もしない大変な内容に混乱する。

飛び降り？　首吊り？　死ぬ？　なんだこれは。自殺でもするつもりなのか⁉

「待って！」

僕は思わず彼女を呼び止めていた。だが、白野さんは無視して歩きだす。

「自殺なんて、しちゃダメだよ！」

白野さんがぴたりと足を止めた。

「は？　自殺？」と、ちらりと僕の方を振り返りながら言う。

「そうだよ。早まっちゃダメだ。僕らまだ一〇代だよ？　これから明るい未来が待ってるはずなのに、それなのに……」

「え、待って。何を一人で盛り上がっているの？　意味がわからないのだけど」

「どうして死のうなんて……。もし僕でよかったら、話を聞くから」

「いやだから、わけがわからないし。それに、気持ちの悪い変態と話したくない」

気持ちの悪い変態。その言葉が矢となって僕の胸に突き刺さる。教室ではいつも温和な笑みを浮かべている白野さんに、そんなことを言われるなんて。

だけど、ここでくじけてはいられない。このまま彼女を放っておくなんて、僕にはできない。幸い彼女は立ち止まってくれている。

「考え直そう。見てよ、世界はこんなにも美しい」

夕陽が差しこみ暖かな光できらめく教室を見回して、僕は言う。

「さっきまでその美しい空間で、下衆極まりない行為がなされていたのだけど」

「その件に関してはすいませんでした」僕はすぐに深々と頭を下げた。

「許すわけがないでしょう？　あなたに対する生理的不快感は底知れないわ。だいたい自殺ってなんなの。気持ち悪い。私が死ぬつもりって、そんなわけないじゃない」

「誤魔化しても無駄だよ」

「はぁ？　誤魔化してなんかいないわ。あなたこそ、その自信はなんなのよ。バカみたい。もう変な話はやめて」

そう捲《まく》し立てて、白野さんは再び歩きだそうとする。まずい、逃げられてしまう。

――くそ、仕方ない。僕は心を決めて、口を開く。

「ごめん、待ってって。言うよ、僕の秘密。僕、人の心の中が読めるんだよ」

「はい？」

足を止めたということは、話は聞いてくれるのか。

「ほんとなんだ。その人が考えていたことがわかる、っていうのかな」

白野さんが再び、横顔分だけ振り返る。

「それ嘘。私、自殺なんてこれっぽっちも考えていないから」

「いや、この能力は本物だ。六時間目の音楽の時間、キミは自殺の方法について悩んでた」

僕の言葉に、白野さんがしばし固まった。ほんのわずか、その瞳が大きくなる。

「図星かな？」

「いやいやだから、そんなわけないでしょう？　どうして私が自殺の方法なんて」

白野さんは身体をこちらに向け、ふんと鼻で笑う。

「だいたいなぜ音楽の時間？　今考えていることじゃなくて？」

その質問に答えるには、僕の能力を詳しく説明しないといけない。能力なんて呼べるほど大層なものでは決してないし、あまり口にしたくはないが、この状況では仕方なかった。

「僕、相手の体液を舐めると、その人の心の声が聞こえるんだ。内容は、その体液が身体から出る際、その人が考えていたこと」

リコーダーの唾液は、音楽の授業の際についたもの。白野さんはリコーダーを吹きながら、自殺の方法を模索していたのだ。そしてその思考が、唾液に残留していた。

「……サイコメトリー」と、白野さんが呟く。

「そうそう、それ」

「小説で読んだことがあるわ。物に触れるだけでそれに残った過去を読み取る、みたいな。でも、体液を舐めるとって……」

「そ、そこはしょうがないじゃないか」

どれだけ嫌で嘆こうと、僕のはそういう仕組みなのだ。

「でも、そういうのはフィクションの中の話だと」

ぽそっと、白野さんが漏らす。何やら考えこむような様子だった。

「それが、現実でも存在するんだよ。……あれ？　白野さん、信じてくれてるってことは、やっぱり自殺のこと考えてたのは当たりってことじゃ」

「ち、違うわ。あなたの言うことが本当なら、という仮定の話よ」

「慌ててるじゃないか。白野さん、ほんとに何か悩んでるなら話してよ」

「うるさい！　っていうか、やっぱり私のリコーダー舐めたのね！」

「ちっ、ちがっ。今回は舐めたんじゃなくて、たまたま白野さんの唾液が手について」

「わ、私の唾液って。気持ち悪いのよ！　何よその能力、この変態サイコメトラー！」

白野さんは怒鳴りながら僕を睨みつけ、話は終わりというように回れ右をする。そして、「ま、待って」という僕の訴えをよそに、教室を出ていってしまった。

僕は彼女に手を伸ばしながら、廊下に消えるその背中を見送っていた。このタイミングでしつこく追いかけるのも、状況を悪くするだけの気がする。彼女の足音が遠ざかると、僕は近くにあった椅子にどさりと腰を落とし、ため息をついて後頭部をがしがしと掻いた。

僕の能力は本物だ。これまで間違っていたことは一度もない。白野さんが自殺のことを考えているのは真実なのだ。

いったいどうして――。

こうして僕は彼女の秘密を知り、同時に僕の秘密も彼女に知られてしまった。

だけどそのときはまだ、彼女に秘密を知られたせいで、僕が便利にこき使われることになるなんて、考えもしなかったのだ。

*

白野さんとひと揉めあった翌日、火曜日の朝、僕は緊張に胸をざわざわさせながら学校の廊下を歩いていた。窓から差しこむのどかな朝陽が眩しい。生徒たちのお喋りや授業の準備で起こる喧騒は、学校での一日の始まりを感じさせる。

自分の教室、二年一組に近づくと、胸のざわめきはピークに達した。開いた扉からは他の教室と変わらない喧噪が漏れている。僕は恐る恐る教室に入り、ざっと視線を巡らせる。

白野さんの姿は、まだなかった。

僕は窓際最後尾の自分の席へ。崩れるように椅子に座り、はぁと深く息を吐く。すると、前の席に座るウェーブヘアーの男子が身体ごと振り返ってきた。

「おいおい、どうした、でっかいため息だな。俺のふんわりウェーブがなびいたぞ」

「髪切ったら？　伸ばしすぎだよ。部活のとき邪魔でしょ」

「バスケするときはヘアバンつけてるから平気さ。今年の秋はワイルドロングでセクシーにキメるって決めてんだ」

「そんな大人のセクシーさ、高二男子に出せるのかな……」

パーマを当てた長めの髪をセンター分けし、爽やかに歯を見せて笑う彼は、三城《さんじょう》将太《しょうた》。このクラスで僕が最も親しくしている友達だ。二年で最初の席替えの際、隣の席になったのをきっかけに仲よくなった。最初は茶色く染められた長めの髪やガタイのよさから不良っぽいイメージを持っていたが、実際接してみると全くそんなことはなく、どちらかというとクラスでも目立たない方に属していた僕とも分け隔てなく話してくれる気のいい奴だった。

「いいか上河、俺と一緒に廊下を歩いてればわかるだろ？　女子がみんな立ち止まって振り返ってる。だいたい女子が求めてるのはな、大人の魅力ってやつなんだよ」

「振り返ってる？　そんなことあったっけ？」

「髪型だけじゃない。今、ファッションを勉強して、筋トレにも力を入れ始めたところなんだ。もうすぐ冬到来、クリスマスまでには絶対可愛い彼女をゲットしてやるぜ」

彼女ほしい、は三城の口癖のようなものだ。また始まった、と思いながら僕は適当に「はいはい」と聞き流し、代わりに教室内を観察する。

一応、いつもと変わりはないようだが。

「なんだなんだ、きょろきょろと。さっきのため息もだが、様子が変だぞ。どうした？」

「あー、いや。……三城はさ、なんか聞いた？」

「聞いた？　何をだ？」

「僕のこと」

「上河のこと？　そりゃどういう意味だよ」

「いや、わからないならいいんだ」

白野さんは昨日のことを誰かに話したりしていないのだろうか。僕はそれが気になっていた。もしあれがクラスに広まったりしたら、一気に居場所がなくなること間違いなしだ。

今のところは大丈夫みたいだが、今日これから白野さんがどう動くかによって、僕の運命が決まるわけである。

「んー？　どうしたんだよ。誰かに用なのか？」

そう三城が訊いてきたときだ。急に教室前方の扉付近が騒がしくなった。

「あっ、白野さん、おはよー！　昨日ぶりっ」「しろのん、数学の宿題教えてくんない？今日当たりそうでさー」「あ、あたしも、英語の問題。昨日頑張ったんだけど、さっぱりで」

僕の脳内で話題の人物、白野さんのご登場だった。

登校してくるなり、白野さんは数人の生徒に囲まれていた。彼女のその学年一位の頭脳に、宿題がわからなかった生徒たちが朝一で群がっていく。これは「白野さん、宿題教えて」のコーナーとして、我がクラスの毎朝の光景となっていた。

白野さんは面倒くさがることなく、かと言って他の生徒のようにはしゃぐこともなく、一人ひとりに挨拶を返しながら穏やかに微笑んでいる。いつもの白野さんだ。あの白野さんから、誰かを睨みながら「気持ちの悪い変態」と蔑むところなんて想像できない。もちろん自殺なんて考えているようにも、全く見えない。

「ほお、狙いは白野さんか。そういや上河、前に白野さんのこと可愛いって言ってたよな」

僕の視線を辿った三城が、にやにやしながら言ってくる。

「ば、バカ。そんなんで見てたんじゃないから。だいたい、白野さんが可愛いっていうのは一般論、どころか常識だろ?」

恋愛的意味をこめての発言ではないと、僕は主張した。

「その意見は一理、どころか百理ある。白野さんは誰から見ても美人だ。つまり、競争率も高い。高嶺の花ってやつだな。上河が踏みこむのは過酷な山道、茨の道ってわけだ」

「だから、そういうのじゃないって」

今回は本当に、そういう意味で見ていたわけではないのだ。僕が白野さんの方を観察していたのは、彼女のこれからの行動が気になるからである。

そのとき、他の生徒たちの輪を抜け、自分の席に鞄を置いた白野さんが、ちらりとこちらを見た。ずっと彼女の方を見ていた僕と、必然、視線が重なる。

「あっ……」

瞬間、白野さんは鋭く目を細め、そっぽを向いてしまった。当然の反応か。昨日の一件について、一晩経った今でも怒っているのだろう。

僕は思わず肩を落とす。その間、三城が僕と白野さんの間で視線を往復させながら、「あらら。上河、何かやらかしたのか?」と言った。

*

つまらない授業を四コマ耐え抜いて、ようやく昼休みがやってきた。いつものように授業では睡魔が襲ってくるし、相も変わらず英語のおじいちゃん先生のもにょもにょした話し声は日本語でもリスニングスキルが鍛えられる。休み時間、三城が喋りかけてくるのもお馴染みで、僕は彼の同学年の可愛い女子情報を、全く興味を持てないまま受け流しながら、次の授業の準備をしたりトイレに行ったりしてすごしていた。

いつも通り、これまで同様、僕は普段と変わらぬ日常を送れていた。

意外にも、白野さんは僕に対してなんのアクションも起こしてこなかった。昨日のあれを忘れた、なんてことはないと思うが、しかし、誰かに話した様子もない。もしかしてこのままなかったことにしてくれるのだろうか。いくら考えてもわからない。

そういえば、白野さんはまだ僕にリコーダーを舐められたと思っているのだろうか。それならば改めて否定しておきたい。実際のところ未遂なのだ。

それに、まだ自殺のことも解決していない。

何事もなく時がすぎるのはありがたいが、心残りも多かった。

だが、僕の方から彼女にアタックすることはできそうもない。

『気持ち悪いのよ！　何よその能力、この変態サイコメトラー！』

そんな、彼女が最後に残した言葉が脳裏に蘇る。

変態サイコメトラー、そう言われても仕方ない行為をしていたのだ。ため息が出そうになる。あの侮蔑混じりの目を思い出すと、どうしても彼女には近づけなかった。

三城はトイレに行くと席を離れてから、中々帰ってこない。他のクラスにも友達が多い彼のことだから、きっとトイレか廊下でつかまっているのだろう。その間、僕は白野さんのことばかり考えてしまう。しかしそれは同じ思考をぐるぐる繰り返しているだけだった。

僕は諦めるように机に伏せた。もう無駄だと、考えるのもやめる。机の木の匂いを嗅いでいると、意識がだんだんと沈んでいく。自分がどんな処遇を受けるか怖く、昨日はほとんど寝られなかったのだ。

やがて、本格的に眠りに落ちかけたとき、不意に耳のすぐ横で空気の動きを感じた。激しい危機感に押され、意識が急浮上する。誰だ？　僕はがばりと顔を上げた。

「おはよう」

白野さんが机の斜め前に立ち、僕の顔を見下ろしていた。

「あっ、えっ、えと……」

僕は思わず戸惑ってしまう。

突然の彼女の接近に、一人でいろいろ考えていたことは全部脳内から飛んでいた。

そんな僕を見て白野さんはふっと笑うと、何やら折り畳まれた紙切れを指先で持って差し出してくる。

「これ」

小さくそれだけ言って、僕の机の上に紙切れを落とし、自分の席へ戻っていった。

短い接触だった。周囲を見回してみるが、誰も僕らのことなんて気に留めていない。

僕は机に残された紙切れに目を落とす。なんの変哲もないメモ用紙に見えるが。

——なんだろうこれは。も、もしかして、ラブレター？

いやいや、そんなわけないだろう。一旦落ち着け、と僕は自分の胸に言い聞かせる。

必要以上にきょろきょろして、もう一度視線がないのを確認し、僕はそっと紙を開いた。

『放課後。北校舎屋上。逃げたら例のこと、全部話す』

頭の中が真っ白になった気分だった。

流麗な文字で綴られたそれは、恋文ではなく脅迫状のようだった。

＊

僕に拒否権はなかった。

放課後、当番だったトイレ掃除を終えたあと、鞄を持って指定された場所へ向かう。教室を出るとき確認したが、白野さんの姿はすでになかった。
一、二、三年生の教室が並ぶ南校舎から、渡り廊下を通って北校舎へ移動する。こちらの校舎には、音楽室や図書室、生物室などの特別教室が入っている。この時間帯は文化部の生徒がぱらぱらいるだけで、人の往来はそれほど多くない。
そういえば屋上に行くのって初めてだな。そんなことを考えながら階段をのぼっていくと、やがて最上階の踊り場――階段室に出る。使われていない机や椅子が重ねて置かれ、倉庫のようになっているその空間を抜けると、屋上への扉が姿を現した。オレンジ色の光が磨りガラスの窓を通し、彩度を落として差しこんでいる。

鍵はかかっていないのか？　と思いつつ、僕は扉の取っ手に手をかけ、そっと捻って押してみる。すると、扉は拍子抜けするほどなんの抵抗もなくすっと開いた。

空では西に傾いた太陽が、雲を眩しく染めていた。屋上は肩の高さほどの金網フェンスで囲まれており、その向こうの景色は何に遮られることなく大きく開けている。

フェンスのそば、斜陽の中で、こちらを振り返った人がいた。僕は屋上へ足を踏み入れ、彼女のもとへ近づいていく。

「ようこそ」白野さんはどこか妖しげな笑みで僕を迎えてくれた。

「どうしてわざわざ屋上なの？　きょ、脅迫に丁度いいから？」と、僕は恐々訊ねる。

「そう、正解」

冗談のつもりで言ったのだが。

「あっ、ちょっと」

急に白野さんが声を大きくし、ぴっと僕の足元を指さしてくる。何事かと僕はびっくりして立ち止まり、足を上げて床を確認する。

「そこ、およそわたしから半径一メートル地点。それ以上近づかないで」

僕はかなり、白野さんに気持ち悪がられているようだった。

「昨日は本当にすいませんでした。ちょっとした出来心で……。でも、未遂なんです。リコーダーを舐めたりはしてません。本当です」

まず謝っておこうと、僕は誠心誠意、深々と頭を下げる。自然と敬語になっていた。

「ふん。そんな変態の言い分、私が信じると思う？」

冷めた声音だ。僕は顔を上げられない。たとえ僕が真実しか口にしていないとしても、それを彼女に信じてもらう術は思いつかない。代わりに僕は気になっていたことを訊ねる。

「……あの、先生とか、周りには言わないんですか？」

「言うわけないわ。リコーダーを変態に悪戯されていたなんて、誰にも知られたくない。これからリコーダーを吹く度にどんな目で見られるか。すぐに買い替えるけれどね。まぁ今日、屋上にこず逃げていたら、言いふらすことも視野に入れていたかもだけれど」

なるほど、そういう理由で黙っていてくれたのか。

「リコーダーの代金は必ず払います。本当にすいませんでした」

もう一度、僕は頭を下げる。すると、意外な言葉が耳に届いた。

「……もういいわ」

その声音は、ほんの少しだけ柔らかい感じがした。僕は「えっ？」と、体勢はそのままにちらりと白野さんを見る。

「あのね、あなたのした行為は控えめに言っても気色悪いし、来世はナメクジとかウジ虫とかその辺の、気持ち悪いだけでなんの益体もない存在になるのは自業自得でしょうけれど。それでもね、もういいわ」

「白野さん……」

これは許されたということだろうか。僕は恐る恐る頭を上げ、ふらりと前へ足を出す。

「いやっ、だからそれ以上は寄らないでって。特に二人のときは」

僕の一歩に呼応するように、白野さんも一歩後退《あとずさ》った。頑なな態度に僕は思わず戸惑う。

「も、もういいっていうのは？」

「リコーダーの件のことよ。それはひとまずもういいから、その代わりにね、協力してほしいことがあるのよ」言いながら、白野さんは人さし指をぴんと立てた。

「協力？」

「あ、勘違いしないでね。上河くんに断る権利はないわよ。拒否するならクラスのみんなに話すことも検討するわ。あなたが私のリコーダーを舐め回していた話。舐めているときの真剣な表情や舌使いといったら、まさに職人のそれだったって」

「ちょ、なんでエピソード盛ってるの⁉」

「大丈夫、私を手伝ってくれるなら、絶対に秘密にしておいてあげる。約束よ」

脅迫、されていた。白野さんはにこにこと笑って僕を見ている。かなり不気味な笑顔だ。口ではもういいと言っているが、白野さんはまだ間違いなく根に持っている。僕を気持ち悪い変態だと思っている。ということは、この協力の話には何か恐ろしい裏がある。

「わ、わかったよ。協力するけど……。でも、何をするの？」

しかし、僕は頷かざるを得なかった。断ることがまず許されていないのだ。

おしとやかで僕のタイプにド直球だった白野さんは虚像と化していた。そして次の彼女の言葉で、さらに彼女の心象は大きく崩れていくことになる。

「私ね、恋のキューピッドになりたいのよ」

そう言って、白野さんは両手を使って弓を引くようなポーズを取った。

恋の、キューピッド？　僕の脳内に疑問符が充満する。

「えと……、何それ。どうして？」

「どうしても何も、恋とは素晴らしいものでしょう？　恋することで人は磨かれる。学生はみな恋愛に励むべき。私は恋のキューピッドになってたくさんの恋をサポートしたいの」

学生は恋愛に励むべき？　それを言うなら勉学に、ではないのか。

勉強ができて美人。普段は口数少なくおとなしく、一部の女子からはクールビューティーと羨望の眼差しを向けられている白野さんが、恋のキューピッド？

「そのためにね、部活をつくったのよ」

「部活？　つくった？」

「ええ。恋愛解決部というのだけど」

「恋愛解決部……」

わけがわからず繰り返す僕に、白野さんは真顔で頷いた。

「依頼にきてくれた人の、恋にまつわる悩みや問題を解決する部よ」

「恋にまつわる問題を……。恋愛相談を受けるってこと？」

「ええ、そんなところね。それで、あなたにはさまざまな恋の問題を解決する手伝いをしてもらう。その、サイコメトリー能力を使って」

「え、能力を？」

「そうよ。恋する気持ちというのは複雑怪奇なもの。自分に正直になれず、本心を誤魔化す者。思っているのと逆のことを口にしてしまう者。そんな人たちの悩みを解決するのは、決して一筋縄ではいかないわ。だけどあなたの能力は、そんな相手の心の中が読める」

能力を、悩みの解決に？　僕はぶんぶんと首を振った。

「いや、そんな、無理だよ。僕の能力は問題の解決なんかに使えるような有用なものじゃない。心を読めるのはほんの一部分、たまたま相手がそのとき考えてたことだけだし」

それに体液を舐めるなんて滅多にできることではない。憂鬱になるので考えたくもない。

しかし、そんな僕を白野さんは真剣な目で見つめてきた。

「何を言っているの？　有用なものじゃない？　そんな特別な力、持ったこともない私からしたら羨ましい限りよ」

僕ははっとして白野さんを見つめ返す。すると白野さんは指を頬に当て思案顔になった。

「いや、やっぱり上河くんの持つような変態能力はほしくないかもだけど……」

「上げて落とすのはやめてほしいです……」

「でも、恋解部《れんかいぶ》での活動で能力を使う際は、私がちゃんと考えて指示をするから。無理とか使えないとか言わずに、上河くんは私に従っておけばいいの」

恋愛解決部は恋解部と略すらしい。おそらく白野さんが自分で決めたのだろう。

白野さんが「わかった？」と言って首を傾げてくる。

正直、僕は全くノリ気でなく、全力で拒否したかった。だが、これはあくまで脅迫だ。

ここで下手《へた》に逆らえば、変態行為がバラされ、僕の居場所が教室から消える。

それに、と僕は同時に思う。変態行為をした僕に、白野さんはチャンスをくれている。

「白野さん、その、リコーダーの件でものすごい嫌悪感を抱いてたみたいだけどさ。僕の能力が目当てで、こうして話してくれたの？」と、僕はおずおずと訊ねる。

「そういうことね」

白野さんは即答した。やはり、僕自身が彼女に受け入れられたわけではなかった。あんなことをしてしまったあとで、普通に接してくれるはずないだろう。だけど彼女は、僕の使えない能力の方に興味を示している。

しかし、たとえ能力が目当てで、これが脅迫だったとしても、白野さんがもう一度僕に話しかけてくれたというのが大きい。複雑な心境だが、嬉しいのは確かだった。それに、まだ白野さんに関して気になることもある。

「……わかった、やるよ」

少し溜めて、僕は頷いた。白野さんが計画通りというふうに口角を上げる。そこへ、僕はさっそく気になることを探るべく、鋭く切りこんでみることにした。

「でもさ、僕の能力を認めたってことは、自殺を考えてたことも認めるってことだよね？」

「えーっと……なんのことかしら」

「あくまでも誤魔化し通す気⁉　今のは核心を突いてるじゃないか！　キミみたいな、勉強もできて美人で人気もある人が、どうして死のうなんて？」

「かなり褒めるわね。もしかして口説いてる？　そういえば上河くん、リコーダーを狙うってことはほんとに私のこと好きだったり？　残念ね、教室の私と違って本性がこんなで」

「なっ……」

こちらも本心を言い当てられ、僕は言葉に詰まってしまう。白野さんの方が一枚上手《うわて》だ。自殺についての話になると、すぐにうやむやにされてしまう。この調子だと何度訊ねても同じ繰り返しだろう。どうしたものかと考えていると、白野さんがふっと笑った。

「とにかく、何も考えなくていいのよ。ただ、黙って私の言うことを聞いていればいいの。

あなたは今日から私の道具だから」

「ど、道具って……」

「道具は何も言わず、持ち主に使われるのみ。わかった？」

ひどい。しかし白野さんがこの言葉の言外に、これ以上余計な詮索はするなという意味をこめているのは伝わってきた。

そして、彼女は僕の反論を待つ前に、さっさと話題を変えてしまう。

「それよりね、このあと、恋解部への依頼が入っているから」

「えっ、依頼？」

「そうよ。だからその前にあなたへ協力をお願いしたの。盗み聞きされたり邪魔が入ったりしない場所ということで、屋上を指定しておいたから、五時にはやってくるわよ。あなたの最初の仕事は、階段の踊り場から机と椅子を取ってきてここにセットすること」

「机と椅子って……。それ協力じゃない、パシリだ！」

「ほら、文句言ってないで。変態行為をバラされたくなければ動きなさい。ハリーハリー」

綺麗でおしとやかな、黒髪ロングの清純派。そんな僕のタイプの白野さんはどこへ行ってしまったのだろう。とんだ猫かぶりが発覚してしまった。

そしてどうやら、僕はとんでもない女の子に弱みを握られてしまったようだった。

＊

『迷える子羊さん、いらっしゃい。あなたの恋のお悩み、必ず解決します。恋愛解決部』

机に置かれたノートパソコンの画面に太いゴシック体でそんな文字が表示されていた。

画面下部には連絡先のメールアドレスも入っている。これが恋解部のチラシの原本らしい。

「見たことないかしら。全校生用の掲示板に貼っているのだけど」と、白野さんが言う。

「あの昇降口にある掲示板？　あれ、ちゃんと目を通してる人ほとんどいないよね」

屋上に机四台と椅子三脚を運びこみ設置したあと、依頼者がくるまでの空いた時間、僕は恋解部について白野さんに訊ねていた。いったい何に使うのか、白野さんは普段から小型のノートパソコンを持ち歩いているらしい。鞄から取り出したそれを使いながら、依頼募集の方法を説明してくれた。と言っても、今はこのチラシを掲示しているだけだそう。

「これで、依頼は今までどれくらいきたの？」

僕は正面の席に座る白野さんに訊ねる。向かい合わせに並べた二台の机を挟んでいるので、ギリギリ半径一メートルには入っていないと思われる。

「そうね。三ヶ月前から掲示して、片手で収まる程度かしら」

パソコン画面を眺めつつ、白野さんは答えた。恋解部は結構前から存在していたらしい。

「へぇ。こんなチラシを貼ってるだけなのに、意外と多いね」

それらの依頼に、白野さんは一人で対応してきたのだろう。しかし、僕の助力を必要としているのは、やはり人の内心に絡む問題を解決するのは簡単ではないということか。

「きっと噂になっているのよ。校内に潜む恋のキューピッドについて」

「キューピッドって……」

そういえば、さっきも言っていた。恋のキューピッドになりたいとかなんとか。キューピッドって天使って意味だよな、とふと疑問に思い、僕は手元のスマホで検索してみる。するとキューピッドはローマ神話の恋愛の神と記されていた。白野さん、神になりたいのだろうか。

本当のところ、彼女が何を考えているのか僕には全くわからない。

僕がちらちらと白野さんの顔を窺う間、彼女は自分の鞄に手を伸ばした。中からペットボトルのお茶を取り出し、キャップを開けて口をつける。白い喉がこくこくと動きだす。

彼女の潤い溢れる唇がつけられたペットボトルの飲み口を、僕は見た。隙を見てあそこを舐められたら、白野さんのことを知ることができる。もしかしたら、自殺のことも何かわかるかもしれない。白野さんが常にその思いを心に抱いていたとしたら、だが。音楽の授業中に考えていたくらいなので、可能性はなくはない。

「なに睨んでいるのよ」

僕の視線に気づいた白野さんが、ペットボトルから口を離して言った。

「や、べ、別に……」と、僕は慌てて誤魔化そうとする。

白野さんは目を細めながら、自分の持つペットボトルに視線を落とした。そして、

「ふーん。体液マニアが狙いを定めていたのはこれか」

ペットボトルを軽く掲げ、こちらに振って見せてきた。

「た、たまたま、見てただけで」

「あー、気持ち悪い。あなたと一緒にいるときは体液を舐められないよう気をつけないと」

口では冗談っぽく言っているが、目は笑っていない。白野さんはペットボトルのキャップを固く締め、わざわざ鞄の奥へとしまう。

「そ、そんなことしないって」

もし能力を使っても、ほしい情報が得られる可能性はかなり低いのだ。それにもう白野さんに嫌われるようなことはしたくない。

机の上の白野さんのファスナーが開いた鞄に、僕はちらと目をやる。他に体液がついていそうなのは、弁当箱の箸くらいだろうか。体育も今は持久走をしているから、体操服が汗で湿っているかもしれない。舐めたところが少しでも湿っていれば、能力は使える。

昔はこうして周りのものをチェックし、常に能力が使えそうなタイミングを探していた時期もあった。そもそも体液を得ること自体が難しいので、訓練が必要だと思っていたのだ。だけど、リスクを負ってまでいらない情報を集めにいくのもバカらしいと、やがてその行動は消えていった。切実に、この能力は使えない。

それでも、能力があるだけマシじゃないかと言われるかもしれない。正しい意見だ。けど、僕には決してそうは思えない過去があるのだ……。

それにしても、汗を舐めるのはやりすぎだろう。なんだか想像するだけでものすごい背徳感がある。そんなことを考えながら、僕が白野さんの白い体操服を眺めていると、

「ちょっと、あなた今、獲物を狙う変態の目をしているわよ」

白野さんがじとっとした目つきでこちらを見てくる。鋭い。

「べ、別に！　もうこんな能力使うつもりないから！」

「いや、なんのためにあなたいるのよ。この先たくさん使ってもらわないと困るのだけど」

そう白野さんが眉をしかめながら言ったときだった。

突然ガチャリと、屋上の扉が開かれた。


屋上に顔を覗かせたのは、ふわっと癖のある茶色い髪の、小柄な女の子だった。僕と白野さんの存在に気づき、人と出くわした動物のようにびくっと動きを止める。

「どうしたの？　良枝《よしえ》。ほんとにいたの？」

続いて茶髪女子の肩越しに、特に気を遣っている様子のない野暮ったい黒髪ショートに、黒縁メガネをかけた女子が顔を出した。

扉の方へ注目していた僕は、ばっちり二人と目が合ってしまう。

「どうぞ！」と、白野さんが声を張って言った。

女子二人は顔を見合わせたあと、屋上に足を踏み入れてくる。僕はその上履きの色に注目した。青色なので三年生だ。ちなみに二年生が赤で一年生が黄色となっている。

「あの、えっと、お二人は……」

机のそばまで近づいてきた、良枝と呼ばれていた茶髪女子が、恐る恐る訊ねてきた。

「恋愛解決部です。あなたの恋の悩みを解決します」

にこやかに微笑みながら、しかし堂々とした態度で白野さんが答える。良枝先輩は振り返って、黒髪女子に言った。

「ほら、小百合《さゆり》ちゃん。チラシにあったアドレス、ちゃんと連絡取れたんだから」

「……ええ。でもまさか、そんな胡散臭い部活がほんとにあるなんて」

小百合ちゃんと呼ばれた黒髪女子が、椅子に座ったままの僕らを見下ろしながら言う。どうやら依頼のメールを出したのは良枝先輩で、小百合先輩の方はそもそも恋解部の存在自体、半信半疑だったらしい。まぁ、疑う気持ちはわかる。

「恋愛相談ですね？」確認するように、白野さんが訊ねた。

「は、はい。そうなんだけど、いいですか？」

良枝先輩はこくこく頷く。機敏な身振りから小動物のような印象を受ける。

「もちろんです。上河くん、悪いけど立ってもらえる？」

依頼者は一人でくると思っていたので、屋上に運びこんだ椅子は三脚だけだ。僕は白野さんの言葉に従って、お客さんに椅子を譲る。

「わっ、わっ、座っててくださいっ」

良枝先輩が胸の前でぶんぶん手を振って言う。いい人だ。しかし、僕らが座っておきながら三年生を立たせておくわけにもいかない。僕は手で席を譲るジェスチャーを見せる。

白野さんはこれっぽっちも立つ気がないみたいだが。

「ごめんなさい、ありがとう」

すぐに折れてくれた良枝先輩が、空いた席に近づく。僕のそばにきたとき、さっぱり甘い、もぎ立てのリンゴのような匂いがふわりと香った。椅子に座る前、先輩は僕に軽く頭を下げて可愛く微笑みを浮かべる。多くの男子に人気がありそうな人だが、いったいどんな悩みを抱えているのだろう。

しかし、腰を下ろそうとした良枝先輩の腕を、小百合先輩が摑んだ。

「待って。あなたたちは何者なの？　恋愛解決部って何？　二年生よね？　恋の悩み必ず解決なんて謳って、どういうつもりなの？」

小百合先輩は不審な目で白野さんを見ている。どうやらこの僅かな時間で、屋上を仕切っているのは白野さんの方だと見抜いたらしい。

「そのままです。必ず解決してみせます」

「だから、なんでそんな軽く必ずなんて言えるの？　恋愛なんて人の繊細な部分に踏みこんでおいて、失敗したらどうする気？」

小百合先輩は強気な口調で言う。対して白野さんは一瞬びくっと反応した。恐々とした表情で小百合先輩を見上げる。

「ご、ごめんなさい」

僕は驚いた。白野さんが謝ったのだ。

どうやら僕以外の人がいる前では、あくまで教室のおしとやかな白野さんを演じているようだ。僕と二人のときの彼女は腹黒い白野さん、いわば黒野さん。

俯く白野さんを見て、慌てだしたのは良枝先輩だった。

「わっ、いいんですいいんです。相談があるのはわたしなの。噂を聞いてチラシを見て。小百合ちゃんはつき添いで……。別に、聞いたからにはなんとかしろ、とか言いませんし」

やはり依頼者——相談者は良枝先輩で、小百合先輩はつき添いのようだ。そしておそらく、小百合先輩はこんなわけのわからない部に相談に行くのは反対だったのだろう。

その良枝先輩の言葉に、白野さんがぴくりと反応した。

「こんな胡散臭い場所に相談にくるってことは、それだけ悩んでいるということですよね。とにかく誰かに話を聞いてほしい――」

言いながら、白野さんはちらりと小百合先輩を見る。先程とは一転、それはどこか相手を煽るような視線だ。胡散臭いと言われたことを、根に持っているのかもしれない。

「自分たちだけでは、解決できないから――」

なるほど、と僕は思う。つき添ってもらっているくらいだ。今回の悩みを、きっと良枝先輩は先に小百合先輩にも相談しているだろう。しかし、今ここにきているということは、小百合先輩は良枝先輩の力になってあげられなかったということだ。

小百合先輩は何も言えず渋そうな顔をしている。強気な態度は消えていた。

「どうぞ、お座りになってください。それから、話を聞かせてください」

そう言って手で席を勧める白野さんの表情には、かすかに黒野さんが顔を覗かせていた。

白野さんの隣に僕が立ち、向かい合う形で良枝先輩と小百合先輩が席に着いた。

良枝先輩と小百合先輩は高校に入って知り合い、仲よくなったらしい。偶然にも三年間同じクラスで、今は三年二組。それぞれ苗字は、辻村《つじむら》、池ケ谷《いけがや》というそうだ。

僕と白野さんも名を名乗ると、良枝先輩が「あのですね」と本題に入った。

「わたし、実は頭が悪くってですね。あ、悪いと言ってもそんじょそこらのレベルと違って、受験どころか卒業も危ぶまれる真正のバカなんです」

「は、はぁ……」

その自分はバカです告白に、僕は思わず眉を寄せる。何が言いたいのか。すると、白野さんが肘で僕の脇腹をどんと突いてきた。続きを聞けということか。

「そんなバカなわたし相手に、その人は熱心に勉強を教えてくれたんです。毎日個別で補習を開いてくれて、できるようになるまで繰り返し繰り返し。そのうち、いつの間にかその人のことが頭から離れなくなってて。わたし、好きになってたんだぁって気づいて」

なるほど、勉強を教えてもらううちに好きになったということか。しかし、補習という言葉に僕は引っかかりを覚えた。

「辻村先輩、教師に恋をしているんですか？」

ずばり僕が疑問に思った点を、白野さんが訊ねてくれた。

良枝先輩は恥ずかしげに俯きながらこくんと頷く。

教師に恋！

それは禁断の恋とでも言おうか。なんだかいけないことを知ってしまった気分だ。

僕が驚いている間、白野さんは冷静に質問を続ける。

「その教師の名前は？」

良枝先輩はためらいがちに目を伏せ、消え入るような声で言った。

「……数学の、森《もり》先生……」

森先生なら僕も知っている。受け持つ学年が違うので授業を受けたことはないが、先生は僕のいる図書委員会の担当なのだ。ノリがよく学校行事でもよく目立っている。歳は二

○代後半。大柄で顔はどこかのクマのキャラクターと似ており、真面目で優しい先生だ。
へぇ、森先生が好きなのか、と思いながら、僕はしげしげと良枝先輩を見てしまった。

「わかりました。森先生のことが好きだけど、立場上、どう発展させればよいかわからない、ということですね」白野さんは考えこむように親指と人差し指で顎を挟む。

「あ、いえ、違くて……」

しかし、良枝先輩は首を横に振った。白野さんが訝しげな目を良枝先輩に向ける。

「どういうことです？」

「実はもう、告白はしていて……」

そう言って、良枝先輩はまた視線を下げる。

「えっ」

僕は思わず声を上げてしまった。白野さんも目を丸くしている。小百合先輩はじっと動かず、白野さんや僕の反応を見ているようだった。

「手紙で告白をして、だけどそのあと返事をもらえてないんです。それに、その日から補習の連絡もなくなってしまって。フラれたんだと思うんですが、もうこちらから話しかける勇気もなく……わたし、どうすれば……」

白野さんは「むぅ」と短く唸った。良枝先輩に訊ねる。

「森先生って、ご結婚は？」

「してない、と言ってました。彼女もいないと。それくらいは訊ける間柄でしたから」

森先生に彼女がいないのは少し意外だった。優しく、顔も可愛いと女子に評判で、モテる部類だと思っていたからだ。

「では、補習については？　元は先生の方から始めようと？」

「はい。お前は少し数学ができないみたいだから、特訓しようって」

「赤点連発、壊滅的成績でこのままじゃ卒業できないほどのバカだから、仕方なく個別に見てやる、ってことでしょうね」

ずっと黙っていた小百合先輩が、横から口を挟んだ。

「ちょ、小百合ちゃん！　そこまでは言われてないよ⁉」

「でもまぁ、勉強は私が見てあげるからいいのよ。問題は、先生側が急に沈黙状態になってしまったこと。これじゃあ良枝は宙ぶらりんのまま、勉強にも集中できない」

小百合先輩は良枝先輩が現状抱える問題を説明してくれたようだった。告白の返事がなく、補習も行われなくなってしまい、良枝先輩はどっちつかずの状況にあるらしい。

「手紙を渡したのはいつですか？」と、白野さんが質問を続ける。

「確かあれは……二週間くらい前だっけ。あー、もうそんなに経つのか……」

答えた良枝先輩は、涙が溢れるのを防ぐように軽く顔を上空に向けた。

「二週間くらい前……。できれば詳しく教えてほしいです」

そう白野さんが言うと、良枝先輩は「えっと」と考えこむ。その隣で、小百合先輩がポケットから手の平サイズの手帳を取り出した。

「前日の放課後、作戦会議と言って喫茶店で喋ったでしょ。それが水曜だから、ラブレターを渡したのは先々週の木曜の放課後ね」

良枝先輩への質問だったが、小百合先輩が教えてくれた。良枝先輩は「そうだったそうだった」と相槌を打っている。

「小百合ちゃん、放課後に遊んだのとかも、全部書いてるの？　マメだねぇ」

「一応、何があるかわからないから」

小百合先輩はそっけなく言ってパタンと手帳を閉じる。その際、手帳の間から一枚の紙が飛び出てきた。ひらりと机の上に落ち、僕と白野さんの前へ滑ってくる。見るとそれは買い物メモのようだった。デオドラントスプレーやシャンプーと思われる銘柄が記されている。確かに良枝先輩の言う通り、小百合先輩はなんでもメモを取るマメな性格らしい。

白野さんがそれを拾おうとすると、先に小百合先輩が素早く手を伸ばし回収していった。

「あんまり見ないでよ」

そう尖った口調で言う。小百合先輩はまだこちらに敵意を持っているようだった。

白野さんは机の上に出していた手を引っこめ、それからしばし何やら考えていた。次にふっと息を漏らし、顔を上げる。良枝先輩に向き直り、口を開いた。

「私たちは恋愛解決部です。お聞きした恋のお悩み、解決します。そのために少しお時間をいただきますが、よろしいですか？」

「は、はい」

「わかりました。では、最後に一つだけ確認させてください」

「なんですか？」良枝先輩は小さく首を傾げた。

「……先輩は、まだ森先生のことを諦めきれてないんですね？」

それはこれまでで一番大事な質問だと、僕は感じた。今回の問題に答えが出たとき、ハッピーエンドになるかバッドエンドになるかは彼女の心の在り方一つで変わってくる。

良枝先輩は真っ直ぐな瞳で白野さんを見つめながら、小さく頷いた。

「心の中がわちゃわちゃしてて、自分でもよくわからないんですが。でも、フラれたと心に言い聞かせても、ずっと先生の顔が頭に浮かんできて消えなくて……」

つまり、諦めきれていないのだろう。

語られたのは彼女の、切実な想いだった。

＊

「どうするの？　これから」

先輩方がいなくなった屋上にて、僕は白野さんに問いかけた。

僕が初めて聞いた恋の相談は、中々難しい問題を孕んでいたように思う。生徒と教師という立場の違い。それに、恋を諦められない複雑な気持ち。

恋解部の創部者はどう挑んでいくつもりなのだろう。

夕陽の降下は進み、夜との境目が近づいている。スマホには五時半と表示されていた。

「どうするも何も。彼女の悩みを解決するわ」

言いながら白野さんは机に頬杖を突いた。先輩たちが帰って空いた席に僕は腰を下ろす。

「解決するって、先輩の恋を成就させるってこと？　でもさ、先生と生徒だよ？　今の状況だって、仕方ないのかも」

「成就させる……。それも大事だけど、とにかく今は彼女に心の整理をつけさせることが重要なのよ。諦めきれないなら、すっぱり引導を渡してあげるのも手。言うじゃない？　火は消し方が悪いとまもなくまた燃え上がる、みたいな。このまま中途半端な状態が続けば、彼女はずっと先生のことを考え続けて、さらに想いを深めてしまうかもしれないわ」

確かにそうかもしれないが、言うは易く行うは難し、そううまく解決できるのだろうか。『必ず解決してみせます』。そんな自らの宣言を彼女は果たせるのか。いざ問題を前にして、僕の方が不安になってきた。恋愛なんて人の繊細な部分に踏みこんでおきながら失敗。もし小百合先輩が言っていた通りになってしまったら……。

考えていると、白野さんがむっとした顔を向けてきた。

「なに神妙な顔しているのよ。私に任せておけばいいの」

白野さんは頬杖をやめ、軽く伸びをして姿勢を正す。それからぴんと人差し指を立てた。

「今回、まず注目すべき、おかしな点が一つある。上河くんはわかっている？」

おかしな点？　なんだろう。僕が考える途中、白野さんが言う。

「まぁ、普段から変態なことしか考えていない頭には難しいか」

「待って、まだ思案中」

「待つ時間が無駄。答えはね、つき添いの先輩も言っていたのだけど――」

その白野さんの言葉に、僕は小百合先輩のセリフを思い出す。

「……先生側が急に沈黙状態になってしまったこと？」

「そう、そこよ」

白野さんが立てていた人差し指で、僕をぴしっと指してきた。

「上河くんは不自然だと思わない？」

「……いや、おかしいとは思ったけど、よく考えれば不自然でもない気がするな。生徒に告白されて、気まずいのかもしれないし、どうすればいいかわからないのかも」

「バカ？　先生はもう大人よ。いくらでもうまく対応できるでしょう。それに、彼は教師でもあるのよ」

「教師でもある……」

「そう。森先生は成績が悪い生徒に対し自ら補習を行っていた。しかし手紙での告白を境に、その生徒をほったらかしに。これは仕事を放棄しているのと同じよ。変でしょう？」

確かに、と思った。白野さんの説明は尤《もっと》もだし、僕の知っている森先生は真面目で、生徒に対して真摯な先生だ。補習についても森先生からの提案だと言っていたし、生徒に告白をされたくらいで動揺して仕事を放り出すような人には思えない。

「一人の生徒からの好意くらい、うまくいなして補習を続けるのが普通だと思うのよ。どうしてこれほどまで影響を受けてしまっているのか。まさか先生も良枝先輩のことが好きだった？　それで答えを出せずにいる……」

「そうなのか？　それなら先輩、ハッピーエンドじゃないか！」

「ただ可能性の一つを挙げただけよ。まだ何もわからないわ」

「うーん。難しいな……」考えがこみ入ってきて、僕は頭を抱えたくなる。

「謎だわ。なぜ告白のあと、補習が行われなくなってしまったのか。この恋には、いったいどんな裏側があるのか」

そう口にする白野さんは、好奇心旺盛な子供のように目をキラキラさせていた。その無邪気な表情に、僕は一瞬ドキッとする。

恋にまつわる謎は、どうやらキューピッドを夢中にさせるらしい。

「明日から森先生について探ってみることにする。上河くん、あなたの出番よ」

＊

昨日、初部活を終えての帰り道、僕は白野さんに能力の詳しい説明を求められた。あまり気が進まなかったが、発動条件やいかに用途が限られているかを話すと、白野さんは納得したように頷き、「作戦を考えてくるわ」と言った。大通りの信号のところで、それぞれ家の方向が別だったので、僕らはチャットアプリの連絡先IDを交換して別れた。

そして一晩明けての今日、朝起きると白野さんからチャットが届いていた。

『from：白野　今日、早めに登校して屋上。こなかったら社会的に死刑』

リコーダーの件をバラされる！　僕はベッドから飛び起き、急いで着替えて家を出た。

彼女の言う「早め」というのがよくわからないが、いつもより三〇分早く学校に到着した。授業まではまだ一時間もある。

さすがに白野さんより先に着いただろう。そう思いつつ、僕は教室に寄らず鞄を持ったまま屋上へ向かった。天気は晴れだ。朝陽の差しこむ学校の廊下は、まだ夜の冷気が残っていてひんやりと涼しい。僕は軽く息を切らしながら、一階から屋上まで階段をのぼっていく。相変わらず倉庫のような階段室に着くと、鍵が開きっ放しの扉をゆっくりと開いた。

「……あっ」

屋上の奥、左側のフェンスに胸からもたれる彼女の姿があった。

静かに扉を開けたからか、白野さんはまだ僕がきたことに気づいていないようだった。フェンスに置かれた手には、黒いカバーの手帳らしきものを持っている。

僕はゆっくりとそちらへ近づいていく。すると、だんだん彼女の横顔が見えてきた。

白野さんは難しそうに顔を歪め、恐いほど手帳を睨んでいた。それは教室での彼女からはもちろん、僕と接する黒野さんからでも想像がつかない、鬼気迫るような表情だった。

「えっ……」と、僕はつい声を漏らしてしまう。白野さんがハッとしたように振り向いた。

「いたのね……」

「あ、うん。白野さんこそ、もうきてたんだね」

「当たり前じゃない。上河くんを呼び出したのは私よ」

さすがと言うべきか、彼女、そういうところはしっかりしている。

「遅れてすいません」昨日、待たせて怒られたことを思い出し、僕は謝る。

「いい。それよりあのね、今日の作戦を説明するわ！」

白野さんは弾んだ声で言った。恋のキューピッド業務になるとテンションが上がるようだ。作戦の説明の前に、僕は気になっていたことを訊ねる。

「あの、さっきまで何してたの？」白野さんが手に持つ手帳に、ちらと目をやる。

「少し考え事。上河くんには関係ないわ」

白野さんは手帳をブレザーの内ポケットにしまった。そのブレザーの胸の辺りがフェンスについていた朝露で、湿って色が変わっている。服が濡れるのも気に留めず、あんなものすごい表情でいったい何を考えていたのだろう。もしや、自殺に関することだろうか。

しかし、きっぱり関係ないと言われ、しつこく踏みこんではいけなかった。

「ちょ、ちょっと、どこ見てるの変態。今、私の胸を見ていたでしょう？　あなた、屋上で二人きりになっただけで欲情しちゃうような末期の変態だったの？　身の危険を感じるのだけど。ていうか近づきすぎだし！　一メートル！」

白野さんは腕をクロスして身体を捻り、胸元を隠す。

「違うから！　濡れてるなーって思って見てただけだよ！」

僕はさっと一歩飛び下がりながら否定する。

「あなた、濡れているのを見たらなんでも反応するのね。さすが体液マニア。でも残念、これは私から分泌された体液ではないわ」

「そんなのわかってるよ！　あと、体液マニアじゃないから」

「え、違うの？」白野さんの顔はきょとんとしていた。

「違うから！　それより、早く作戦とやらを説明してよ。授業が始まっちゃうよ」

「そうね。自己保身のためにならいい提案をするじゃない」

どうやら白野さんは朝に強いらしい。こんな時間から調子がよすぎる。

思わずため息をつきそうになる僕の前で、白野さんがこほんと咳払いをした。

「上河くんには今日、森先生に特攻してもらう。森先生の体液から、良枝先輩に関する情報を集めてもらうわ。普通に聞いても教えてもらえないだろうし、変態能力を使って」

「それには問題が山積みだぞ？」

「問題？　あ、もしかして女子以外の体液には興味ないとか？　あのね上河くん、これは恋解部の活動で、あなたは私の道具なの。趣味嗜好で相手を選ぶなんてことは——」

「違うよ！　昨日の帰り道、話しただろ。僕の能力はそんな都合のいいものじゃないって」

森先生の体液から、ピンポイントで必要な情報を得ることなんてできないのだ。

「今のは冗談。大丈夫、あなたの言っていた問題のことはちゃんと考えてきているわ」

しかし僕の言葉を受けて、白野さんはにやりと笑った。

「体液を得るのが難しい。それに読み取れる内容が運任せ。主な問題はその二つでしょ？」

その通りだ。僕は首を縦に振る。

「例えばね、こういうものを使ってはどう？」

そう言って、白野さんはポケットに手を入れた。そして取り出したのは、

「……ガム？」

「そう。今週発売の、季節限定みかん味よ」

白野さんが見せてきたのは、なんの変哲もないチューインガムだった。

「……えっと、これを使うの？」

「え、まだわからないの？　もう答えなんて出ているようなものじゃない」

あり得ない、という目をしながら、白野さんは下投げで僕にガムを放ってくる。

「これを探りたい相手にあげるのよ。それから相手がガムを嚙んでる間――吐き出す直前だけでもいいわ、こちらから聞きたい情報に関する話を振ってやる。そして、相手がガムを捨てたら、そのゴミを回収。そうすればほら、必要な情報の詰まった唾液を得られるわ」

僕はしばし、言葉を発せなかった。確かに彼女の言う方法なら、ほしい情報の詰まった体液を容易に得られる。正直、目から鱗だった。

「上河くん、こんな簡単な方法も思いつかなかったの？」

思いつかなかった。というか、考えたこともなかった。

これまで自分の能力から、目を逸らしてばかりいたから――。

「私も協力するわ。あなたと話している森先生をタイミングよく呼び出し、ガムを吐かせるきっかけを作る。昨日の帰り道、図書委員で先生とは関わりがあると言っていたわよね？」

「あ、ああ。委員関係でなんとか話題を作って、話しかけることはできると思う」

「よし、決まりね。ミッション決行はそうね、昼休みにしましょうか」

僕を見て、白野さんは楽しげな笑みを浮かべる。

僕は白野さんに感心していた。『あなたの恋のお悩み、必ず解決します』。その言葉を、彼女に心の底から真剣に述べていたのだろう。まだその一端を垣間見ただけだが、どんな問題がきても太刀打ちできるほどの裁量が彼女にはあるように感じられた。

「昼休み……。わかった」

僕は白野さんに向かって頷いた。そもそも拒否権はない。

それにしても、だ。ガムを使うなんて方法があったとは。

改めて思いながら、僕はガムのパッケージを破り、思いっきり手を伸ばして彼女に向けて差し出す。これは彼女が買ってきたものだ。季節限定、試しに食べておきたいだろう。

「お弁当を食べ終えたら、教室の外に集合でいいわね」

言いながら、白野さんも精一杯手を伸ばしてガムを一枚取る。本当に、極力僕に近寄りたくないらしい。白野さんはガムの包み紙を外し、口に入れて噛み始める。

「うん、そうしよう。……あ、そういえばさ白野さん、今日、僕が屋上にきたとき手帳を見てたみたいだけど――」

そう、僕が話を変えようとしたときだ。

白野さんはふっと笑い、顔の前で人差し指を立てた。

「私のことを探ろうとしても無駄よ。このガム、最後は飲みこんでやる」

白野さんに聞いた方法を、さっそく使ってやろうとしたのだ。

だがその僕の目論見は、当然のように見破られていたよう。

「私を誰だと思っているの？　変態が飼い主に逆らおうなんて、一億年早いわよ」

そしてどうやら僕は、いつの間にか白野さんに飼われていたらしかった。

＊

昼休み、弁当を食べ終えた僕らは、森先生がいるであろう職員室に向かった。僕らの教室は南校舎の三階、職員室はその下の二階にある。三分とかからず到着すると、白野さんが廊下から職員室を覗きこみ、中の様子を実況し始めた。

「ターゲットは入口近くの席で、昼食後のお茶を飲んでいる模様。どうぞ」

トランシーバー風の語尾で楽しそうな白野さん。反対に僕は、気分が沈む一方だった。いざ実践で能力を使うとなると、やはりどうしても気が重い。

「ではさっそくだけど上河くん、検討を祈るわ。どうぞ」

どうぞ、の部分で立てた親指をくいっと職員室の扉へ向ける。行け、ということらしい。

僕は内ポケットに指を伸ばし、中に入れてあるスマホに触れた。準備は整っている。ここまでくると、もう前に進むしかなかった。軽く深呼吸をして、僕は足を踏み出した。

失礼します、と挨拶をして職員室に入ると、そろそろと森先生の席へ向かう。

白野さんからの報告通り、森先生は湯呑みでお茶を飲んでいた。もう夏がすぎ去って大分経つが、パリッとした白い半袖のポロシャツ姿だ。整理が苦手なのか、机の上は事務用品や本、書類で散らかっている。回収した宿題だろうか、一〇センチほど重ねられたプリントの山からは、ところどころ紙が飛び出して生徒の名前が見えていた。

僕が横から近づくと、気づいた森先生の方から声をかけてきた。

「おっ。キミは確か図書委員の、上河くん、だったかな？」

「あ、はい、そうです」

「ん？　もしかして、俺になんか用かい？」

僕がそばに立つと、森先生は湯呑みを机に置き、椅子を回して身体を僕の方へ向けた。

「えっと、委員会の図書室当番のことで話があって」

森先生は「ほぉ」と意外そうな顔をした。委員会でも特に意見を述べることのない僕がどうしていきなり？　と思っているのだろう。それでも、丁度空いていた隣の机の椅子を引いて、僕に座るよう勧めてくれた。

「お時間は大丈夫ですか？」と、椅子に腰を下ろしながら僕は訊ねる。

「ああ、今は休憩中だから」

「そうなんですね。あ、じゃあ、ガムとかいかがですか？」

さっそく僕はポケットからガムを出し、「季節限定なんですよ」と言いながら差し出す。

しかし、森先生はそれを一瞥してすぐに手を左右に振った。

「いや、いいよいいよ。今、お茶飲んでるからさ」

……あれ？　僕は思わず言葉をなくしてしまう。

「それより、話ってなんだい？　図書室当番がどうかしたの？」

どうしよう、断られるケースを想定していなかった。ガムを食べてもらえなくてはこの作戦は始まらない。僕の心中の焦りをよそに、森先生は話しかけ続けてくる。

「ん、どうしたんだい？」

「や、あの、図書当番、最近サボる人が多いらしくて。僕もこの前、二人で担当なのに相方がこなくて」

とにかく、今はどうにかして森先生にガムを食べてもらわなければならない。

「本当か？　知らなかったな。来週の委員会の集まりで注意しないと。あと、俺も放課後、図書室に顔を出すようにするか。……さっきからどうしたんだ？　なんか難しい顔して」

森先生が不思議そうに僕の顔を覗きこんでくる。

そのとき僕の頭には、一つの方法が浮かんでいた。

「……先生、やっぱりこれ」と、僕は顔を近づけてきた森先生に、もう一度ガムを勧める。

「お？　いやだから、ガムはいらんよ」

実行するなら今だ。でも、本当にそんなことを言っていいのだろうか。

逡巡ののち、やはり僕はそれを口にする。この方法しかない！

「食べてください。先生、ちょっと息が臭います……」

森先生は驚いた表情で、自分の口を分厚い手で押さえた。

「あ、そ、それはすまんな。気づかなくて。そうか。そうだったのか」

申し訳なさそうに言いながら、ガムを一枚取っていく。

――ああ、ごめんなさい先生、嘘なんです。

本当は息の臭いなんて全然気にならない。しかし今回の件のせいで、おそらく先生はこの先ずっと口臭を気にしながら生きていくことになるのだろう。相当ひどいことをしてしまったという自覚が、あとからふつふつ湧いてくる。

だけど第一の関門に突破した。今やガムは森先生の口の中だ。

白野さんの考えた仕掛けがこれで整った。落ちこむ先生相手に、僕は話の続きを始める。

「放課後、図書室を見にきていただけるんですか？　それならサボる人は減ると思いますが。でも先生、放課後は三年生の補習で忙しいんじゃ？」

「ああ、補習は……。でもまぁ、図書室に顔を出すくらいの時間はあるよ」

「そうですか？　ならいいんですが。……あれっ？　そういえば先生、今って三年生の個別補習、やめられたんじゃなかったでしたっけ」

「……どうしてキミがそれを？」

森先生が真剣味を帯びた目で僕を見てきた。

早くも作戦は最終段階だ。僕はここで、核心的な質問をぶつける。

「いや、実はちょっと小耳に挟みまして。森先生、三年の辻村先輩と個別で補習をしてたんですよね？　でも最近それをお休みしてるって聞いて。なぜなんですか？」

「それは……事情があってな」

やはり普通には教えてくれないか。だが問題は、森先生が今、何を考えているかだ。

「ところで、キミはどこでその話を聞いたんだ？」

逆に、先生がこちらを探るような低い声音で訊ねてきたときだ。

「先生！　先生！　きてください！　むこうで生徒が倒れています！」

白野さんが叫びながら職員室に入ってきた。ナイスタイミング。僕のポケットの中のスマホは、白野さんのスマホと通話を繋げてあった。彼女は職員室の外で僕と森先生のやり取りを聞いていたのだ。

白野さんはごく自然に、入口近くの席にいた僕らのもとへ近寄ってくる。

「早く！　きて！　階段のところです！」

その声に教師たちがざわめきだす。それに合わせて、森先生も立ち上がろうとした。

「先生、補習についてはどうするんですか？」と、僕は最後まで訊ね続ける。

「やめてくれ。何を聞いたか知らんが、キミには関係ない話だ」

森先生は普段の温厚さからは想像がつかない、苛々した口調になっていた。

僕は驚きながらも、そろそろ頃合いだと判断し、口の中のガムを出して行った方が――

と先生に勧めようとする。

しかしそれより先に森先生は机に置いていたガムの包み紙を手に取ると、噛んでいたガムを口から出した。手で握って丸めると、机の脚元に置かれていたゴミ箱に捨てる。

「先生、こっちです。来てください！」

白野さんに促され、森先生は職員室を出ていく。そのあとに他の教師も何人か続いた。

もちろん、白野さんがこれから案内する階段には誰も倒れていないのだが、あとは嘘をついた彼女がうまく誤魔化すだろう。

周囲には誰もいなくなっていた。僕は椅子に座ったままゴミ箱に手を伸ばし、紙に包まれた森先生の唾液がついているであろうガムを、嫌々指でつまんでポケットにしまう。これで職員室での任務は完了だろうか。

僕は立ち上がると、周りをきょろきょろ窺いながら廊下に出た。それから白野さんが教師を引きつれていったのとは反対の、東側の階段へ歩きだす。二階へ移動し、男子トイレの個室に入ると、ポケットから今回の収穫を取り出した。

丸まった紙を開くと、中のガムが見えてくる。

本当に、目的の体液を入手できた。僕はその歯型のついたガムをまじまじと見る。

いや、この作戦が成功したかどうかはまだわからない。重要なのは、この唾液に目的の情報がこめられているかどうかだ。

僕は気持ち悪いのを我慢しながら舌を伸ばし、その先端を森先生の唾液で濡れたガムにゆっくりと近づけていく。目がどんどん寄り目になり、手がぷるぷると震える。やがて舌の先が、ちょんとガムに触れた。


『――まさか、二年生の間でも噂になってるのか？　まずいな――』

森先生の心の声が、僕の脳内に流れこんできた。

＊

恋解部が扱っているのは、絶対に他人に漏らしてはいけない類の情報だ。よって僕らが話をするときは、滅多に人がいない屋上に集まるのが普通になりつつあった。

放課後の屋上で、僕と白野さんは覗き見た森先生の思考について話す。

「二年生の間でも噂に、ねぇ」

今日は緊急会議ということで、机は外に出さず僕らは二人共立ったままだ。能力で得られた情報はすでにメッセージで伝えていたため、今はその詳細の確認と考察の時間である。

「上河くんと先生の会話は私もスマホの通話で聞いていたわ。あの話の流れからすると、

『噂』というのは良枝先輩との補習のこと。『二年生の間でも』ということは、すでに三年生の中でも噂になっているのかもしれない」

「それって森先生が三年生の担当だから？」

「ええ。そう考えるのが自然でしょう。そして、そのあとに問題の言葉が続くわけね」

白野さんは集中しているのか、僕の質問に答えるときも視線は斜め下に固定したままだ。

「『まずい』って。補習の話が広まると何がまずいの？　別に隠してやっているわけじゃあるまいし……。ということは、ただの噂じゃないのね。補習に関する内容に間違いないけれど、それがどんなふうに噂されているのか……。そして、もしその噂の内容が補習を中止にする理由なら、良枝先輩の告白は関係がなかったということになるかもしれない」

「噂の中身、か」

僕が呟くと、白野さんは頷く。

確かにあの会話の流れで生まれた心の声なので、噂は補習に関することで違いないだろうが。しかし、詳細がわからない。森先生はその噂が流れると、どうして「まずい」のか。

僕が考えていると、突然、ぽんっと白野さんが僕の肩を叩いてきた。

「まぁ、とにかく上河くん、よくやったわよ」

「え、あ、うん？」

いきなりのことに僕は戸惑ってしまう。白野さんに褒められるなんて。

「やー、よかったわ。一時はどうなるかと思ったけれど、変態の脳も機転を利かすことができるのね。先生に対して息が臭いって言ったとき、本当に笑いを堪えるのが大変だったわ」

「あ、褒めてるのそこ⁉　いやあれは、ほんとに申し訳ないことをしたというか」

「いや、よかった、よかったわよ」

言いながら、白野さんは堪えきれず噴き出している。この人、キューピッドを名乗るなんておこがましい。悪魔だ。

「そのあとね、私と先生、階段まで行ったのだけど、当然倒れている人なんていなくてね。先生が私にどういうことだって訊いてくるじゃない？　そのときね、ハンカチで口を押さえていて。ハンカチよハンカチ、綺麗に四角に畳んだハンカチ。完全に気にしていたわ」

ああ森先生、本当にごめんなさい、と僕は思う。まだ若いのに、生徒にそんなことを言われて相当ショックを受けたのだろう。あと白野さんは笑いすぎだ。

「そ、それはもういいだろ。今はほら、今後どうするかじゃないの？」

僕の言葉に、白野さんは「ひーひー」言いながらなんとか笑いを引っこめる。

「ふぅ。そうね。冗談はこのくらいにしておいて。上河くん、確か森先生はまだ結婚していないんだったわよね？」

ようやく真面目な話に戻れそうだ。

「うん。彼女もいないって良枝先輩が言ってたね。どうして？」

「いえ、なんとなくなんだけど。それじゃあ、実家暮らしなのかしら」

「いや、そこまではわからないけど」

白野さんは顎を指で挟んでしばし考えていたが、やがて一人で頷いた。

「とにかく今は、謎を解くのが先か」

白野さんは何を思案していたのだろう。僕は心の中で首を捻りつつ会話を繋ぐ。

「謎って、先生が思ってた『まずい』の意味？」

「ええ、そうよ。それを知るために、まずは噂の具体的な内容を探る必要がある。まぁこれは、上河くんの能力を使うまでもないわ。私が調べておく」

「そっか。じゃあよろしく」

そう僕が言うと、白野さんはむっと顔をしかめた。

「何その、お前に任せた、みたいな言い方。もしかして休めるとでも思った？　能力がいらない場面でも、仕事はいくらでもあるわよ」

「は、はぁ」

よろしく、というのが上からに聞こえてしまったのかもしれない。あくまで僕と白野さんの関係は対等でないことを思い出した。脅す側と脅される側だ。

仕事はいくらでもある、と言いつつも、白野さんは少しの間、次の言葉を探していた。

「……そうね。上河くん、あなたは先生が実家暮らしかどうか調べておいて。変態でもこれくらいできるでしょう？」

そして完全に今ひらめいたであろう仕事を、僕は押しつけられたのだった。

実家暮らしかどうかなど調べるのに、能力は必要ない。別に隠すことでもないからだ。

ただ、昼休みのことがあって、森先生に話しかけるのがものすごく気まずい。ましてや、生活形態なんて個人的なことをいきなり訊ねたら、一〇〇%怪しまれる。

噂の内容を調査するという白野さんと別れ、屋上を離れた僕は、どうしたものかと思いつつ職員室へ向かって歩いていた。森先生が職員室にいるかはわからない。けど、いたらどうする？　どこに住んでいるか訊ねるか？　……どんな顔して？

やっぱり無理だ、などと思っていたときである。

廊下の先で、職員室の扉から出てきた女子生徒がこちらへ歩きだすのが見えた。

その女子生徒には見覚えがあった。野暮ったい黒髪に、黒縁メガネ。良枝先輩のつき添いで屋上にきていた小百合先輩だ。

あの相談のとき、小百合先輩は終始、僕らのことを胡散臭い目で見ていた。いい印象を持たれていないのは間違いない。先輩と近づくにつれ僕は顔を伏せ気味に、そのまま気づかないフリをしてすれ違う。

しかし、「――ねぇ」と呼び止められてしまった。なんとなく嫌な予感はしていた。

僕が足を止めて振り返ると、すれ違った小百合先輩も五メートルほど離れたところで立ち止まってこちらを向いていた。先輩が口を開く。

「今、どんな感じなの？」

「ど、どんな感じ？」

「屋上で話した件。必ず解決するのよね？」

「いや、それはまぁ、まだ調査中と言いますか……」

必ず解決と言ったのは白野さんだ。それに、昨日の今日で進展を期待されても困る。

「調査中ねぇ。あなたは今、何をしてるの？」

小百合先輩は変質者でも見るような目つきで、僕の頭からつま先を視線でなぞった。

「ちょっと知りたいことがありまして、森先生のところに」僕は職員室の方を顎で示す。

「知りたいことって？」

「先生が実家暮らしかどうか、なんですけど」

「なんでそんなこと？」

「あ、やー、それは僕にも……。ただ部長が知りたがってるから」

「部長ってあの偉そうな女のことよね。つまり、あなたは命令されて動いてるだけと」

その通りでございますと、僕はこくこく頷く。弱みを握られているんですと言いたくなる。というか、適当に口にしたが、恋解部の部長は白野さんでよかったのだろうか。

小百合先輩は「ふーん」と声を漏らすと、続けて口を動かした。

「一人暮らしよ」

「えっ？」

「あの女に教えてあげなさい、先生は一人暮らし。二つ隣の駅の近くの低層マンションで」

「は、はぁ」僕は気の抜けた返事をしてしまう。

まさか、こんなところであっさりと目標が達成されてしまうなんて。

「く、詳しいんですね。住んでる場所まで」

「まぁね。良枝が知りたいと言ってたのよ。それで調べてあげたの」

「調べてあげた？　先輩が調べたんですか？」

「どうしても知りたそうだったから、仕方なくね……」

どうやって住所まで調べたのだろう。家まで尾行でもしたのだろうか。

「教師なんてやめときなさいと警告したのにね。生徒と教師の恋なんて、絶対報われない」

小百合先輩はぶつぶつと言葉を続けている。

「警告ですか……。でも、それでも手伝ってあげたんでしょう？　仕方なくと言いつつ、わざわざ家まで調べてあげるなんて。先輩、友達思いなんですね」

「ち、違う！」急に小百合先輩が取り乱したように、上擦った声を上げた。

「ただ私は、良枝が望むから叶えただけ。でも、それは……」そこまで言って、口を噤む。

いきなり小百合先輩の様子が変わった。明らかに動揺している。だけど、僕にはそれがなぜなのかわからなかった。

「望みを叶えてあげたのなら、友達思いなんじゃ……」

僕が言うと、小百合先輩は首を横に振った。黒縁メガネの奥の目を、そっと伏せる。

「違うのよ。私が彼女のためを思ったことなんて、一度もない」

小百合先輩はそれだけ言い残し、階段の方へと去っていった。

私が彼女のためを思ったことなんて、一度もない……。

どういうことだろう。僕は小百合先輩のセリフの意味を考えながら、しばし呆然と立ち尽くしていた。

＊

恋解部の朝は早い。

僕らは今日も授業の始まる一時間前、若干部室と化しつつある屋上に集合していた。

昨日は小百合先輩と話したあと、時間も時間だったので、僕は先生が一人暮らしということだけ白野さんにメッセージで伝えて帰宅した。早起きして疲れたのでゆっくり寝ようとベッドに入ったところ、返信がきて、翌日もまた朝一で屋上にくるよう言われた。

「あのね、噂の内容がわかったわ」

それが本日の、白野さんの挨拶代わりの一言目だった。

「さっそくだね。どんな内容だったの？」

フェンスの前で腕を組み、どこか得意げな顔の白野さんに、僕は訊ねる。二人のときの僕らの距離は、今日も変わらず一メートルだ。

「まぁ、正直予想していた通りだったのだけど。森先生と良枝先輩、つき合っているという噂が流れていたわ。放課後の教室で二人きりですごしている、補習と銘打って実はイチャついている、みたいな。『ツナガル』のコミュニティで調べたの。三年生の間では結構広まっているみたい」

『ツナガル』は流行りのSNSサイトだ。コミュニティというのはツナガル内のサービスの一つで、同じ趣味や興味、相談を持つ人たちが登録し、交流を深める場所である。その中には鯉園高校のコミュニティもあり、登録人数は確か三〇〇〇人を超えていた。白野さんはそこで訊きこみをしたり、過去の書きこみを遡ったりして調べたのだろう。

「だから、『まずい』と……」

僕が呟くと、白野さんは「いや」と首を横に振った。

「確かに変な噂が広まって『まずい』というのは間違っていないけれど。それだけでは少し説明が足りないわ」

「ん？どういうこと？」僕は首を傾げる。

「私たちが本当に知りたいのは、なぜ補習が行われなくなってしまったのか、よ。変な噂が広まってまずいから、連絡もなしに補習をやめた。上河くんはそれで納得できる？」

「あー……。できない、な」

前に白野さんと話した内容を思い出した。森先生はあくまで教師。彼の人柄も考慮すると、生徒との恋仲が噂されたくらいで、連絡も相談もなく補習を放り出すとは思えない。

「どうして先生は補習をやめたんだろう……」

結局、その謎に戻ってきた。また振り出しかと思う僕だったが、

「ここからは、私の推理になるわ」

白野さんはさらりと髪を後ろに払い、不敵な笑みで僕を見た。

「えっ、わかったの？ どうして森先生が急に補習をやめたのか」

「あくまで推理よ。正しいかどうか調べるのはあとだけど、まず聞いて」

白野さんに言われ、僕は唾を飲んで頷く。白野さんは僕の思いもよらぬことを口にした。

「森先生には、彼女がいるのだと思う」

「えっ、彼女？」と、僕は訊き返す。

「そう。きっとそれで、他の女性と噂になるのが『まずい』のよ」

「いや、待って。良枝先輩が訊いたって言ってたじゃないか。先生に彼女はいないって」

「それは先生が嘘をついたのよ」

森先生が嘘を？　どうして？　そう訊ねたかったが、話は先に進んでいく。

「昨日、上河くんが調べてくれたでしょう？　先生が、実家暮らしかどうか」

「う、うん。一人暮らしだって」

「らしいわね。でも、だとしたら少し気になることがある」

「気になること？」

「思い出してみて。あなたが森先生と接する中で、矛盾——とまでは言わないけれど、何かおかしいと感じた点はない？」

そう言われ、僕は昨日のことを思い返してみる。しかし、特に何も引っかかってこない。

白野さんはフェンスの前から離れ、腕を組んだまま辺りを歩きながら話を続けた。

「上河くん、職員室で先生の机、見なかった？」

「机？　見たけど」

「どうだった？」

僕は記憶を巡らせる。すると、事務用品やプリントなどが散乱した光景が脳裏に蘇った。

「そういえば、めちゃくちゃ散らかってたなぁ」

「覚えているじゃない。そう、あの汚い机。使う人のズボラな性格が如実に現れていたわ」

「ま、まぁ、大雑把な人なのかな、とは思ったな」

「でしょう？」

左から右へ、僕の前を通りすぎた白野さんが、振り返って僕を指さしてくる。

「そこで、気になる点。そんな大雑把な性格な人が、毎日服にきちんとアイロンを当てると思う？　シャツはまだしも、昨日見たハンカチも皺一つなかった。そもそもハンカチにまでアイロンを当てる一人暮らしの男性が、世にどれくらいいるかしら」

アイロン、か。森先生が昨日着ていたポロシャツも、確かに皺もなくパリッとしていた。あの大柄でクマのような体形の先生が、背中を丸めて小まめにアイロンを当てる姿はちょっと想像しにくい。そこで彼女の存在が浮かんでくると、白野さんは言っているのだ。

けど、雑な性格でもアイロンをかける男だっているのではないか？

そんな僕の心の中を読んだかのように、白野さんが言う。

「推理が正しいかどうか調べるのはあとよ」

「う、うん。それはそうだけど。でもさ、まだ疑問が残るんだ。森先生に彼女がいたとして、どうしてそれを良枝先輩に隠したの？」

「バレたくなかったからでしょう？」

「それはなんで？　バレたらダメな理由って……まさか、先生、良枝先輩のことを狙って？」

彼女がいないと嘘をついて、生徒と遊ぼうとしていたのだろうか。

恐ろしい事実に気づいてしまった、と思ったが、白野さんは首を左右に振る。

「それじゃあなぜ急に連絡を取らなくなったのよ。それに、あの真面目そうな先生がそんなことをすると思う？」

「……いや、ないか」

僕はすぐに思い直し、森先生への容疑を取り下げる。

「でも、じゃあなんで嘘をついたの？　それに、どうして補習をやめてしまったんだ？」

僕が脳内に引っかかる疑問を吐き出すと、白野さんはふふっと笑った。

「それこそね、先生に彼女がいるからよ、上河くん」

「彼女がいるから？」

僕は繰り返す。白野さんには真実が見えているのか？

「先生目線に立ってみて。彼女がいると生徒にバレたくない理由。他に何か思いつかない？」

「……恥ずかしい、とか？」

「少々浅はかね。森先生はノリがよくて有名でしょう？　それに、良枝先輩もそれくらいは訊ける間柄だったと言っていたし、そんなくだらない理由で嘘をついたとは思えない」

僕が「うーん」と唸っていると、白野さんが続けて言う。

「じゃあ、質問を変えるわ。先生に彼女がいると仮定して、補習と称して生徒とイチャイチャしている、なんて噂が広まったら『まずい』理由は？」

「それは……彼女に怒られる、から？」

「まぁこっちは正解ね。怒られる、もしくは誤解されて別れの危機。嘘の噂だと説明しようと、彼女は嫌がるでしょうからね。もしかしたら補習なんてやめて、とか言いだすかも」

「だから先生は補習を中止に？　てことは、もう噂を彼女に知られてしまったってこと？」

「それはわからない。でも、知られる可能性があるってこと。そこを意識してもう一度、最初の問いを考えてみて。先生が、なぜ彼女との交際を生徒に知られたくないのか」

補習のことが、彼女に知られる危険がある。というのはつまり、どういうことだろう。少し考えて思い当たる。彼女はこの学校の世事に近いところにいるということだ。

僕はその答えを口にする。

「森先生は、この学校の人とつき合ってる……？」

白野さんはぴっと僕の顔を指さした。

「正解。真面目な先生のことだから、相手はおそらく教師だと思うけれど。まぁ、どんなにいい教師でも、生徒の補習より恋を優先したというところかしら」

校内での、教師同士の恋愛。まさか今回の恋愛相談の裏に、そんな可能性が隠れていたとは。その驚きもさることながら、僕が衝撃を受けていたのは白野さんの方である。限られたわずかな情報から、あっという間に想像もできないような仮説を立ててしまった。

「でもまだ、確定じゃないんだよね？」僕は努めて冷静に、白野さんに訊ねる。

「ええ。全部、私の妄想かもしれない。それを確かめるのは上河くん、あなたよ。今日、能力を使って、先生から彼女について探ってもらう」

「え、また？」

「何よ。文句でもあるの？」

「い、いや……」

正直なところ、もう勘弁してほしいと思う。だいたい同じ相手に二日連続なんて。森先生に対し、昨日の作戦はもう使えないだろう。さすがにまたガムを渡しに行くと、不審がられるか、怒らせてしまうかもしれない。

しかし、白野さんはどこかわくわくしたような表情を浮かべていた。

「さて、次の手はどうしようかしら」

作戦か、と僕は思った。白野さんは僕の使えない能力を活かす方法を考えてくれている。

「昨日さ、先生が実家暮らしかどうか調べてこいって僕に言ったの、服やハンカチにアイロンが当てられてるのに違和感を覚えたからだったんだね。最初悩んでたから、てっきり思いつきの仕事を任されたのかと思ってたよ」

白野さんには優れた観察眼と推理力が備わっている。作戦を立てる、キレる頭脳も……。

「それは絶対に調べようと思っていたわ。悩んだのは、変態に任せるには荷が重くないかと思ったから」

「あ、ああ、なるほど。まぁ、どうせ僕なんて白野さんと比べたら……」

「変態と比べられる時点で心外なのだけど……。でも、別に落ちこむ必要はないわ。昼休み、先生と若干険悪になっていたじゃない？　だから、聞き出すのは難しいかなと思ったのよ。そういえばあなた、どうやって一人暮らしと調べたの？」

「それは、小百合先輩に聞いて……あっ、そうだ！」

そこで、昨日の小百合先輩との会話が脳裏に蘇る。僕が「友達思い」と言ったあとの、先輩のおかしな様子も。

僕は小百合先輩とのやり取りを、できるだけ細部まで思い出しながら白野さんに話した。

「『私が彼女のためを思ったことなんて、一度もない』……か」

白野さんは顎を指で挟む、いつもの考えるポーズを取った。

「そう。それで僕、一晩考えてみたんだけどさ。もしかすると小百合先輩の方も、森先生のことが気になってるんじゃないかと思って」

白野さんが苦そうな顔で僕を見た。

「そう考えるのは自然ね。でも、だとしたら大変な三角関係が浮かんできたことになる」

住所を調べたのは、自分が知りたかったから。じっと良枝先輩のそばについているのも、彼女と森先生の仲の進展具合を常に把握しておくため。

森先生の沈黙状態に落ちこむ良枝先輩の背後で、小百合先輩がほくそ笑むところまで、僕は勝手に想像してしまう。

「少しやっかいなことになってきたかもしれないわね。でもまだ、わからない。この件は私も調べることにするわ」

そう、白野さんが僕に言う。

「それにね、一つ、ずっと気になっていたこともあるの」

「それって?」

「それは……私が女子だから気づいたこと、かしら」

さっぱりわからないまま首を捻る僕に、白野さんは続けた。

「とにかく、上河くんは森先生の秘密を探る方に集中してほしい」

「……わかった」

白野さんにお願いされているのだ。僕は素直に頷いた。それに今は、小百合先輩の件より、良枝先輩と森先生のことを考えるべきだろう。告白を放置され、現在進行形で困っているのは良枝先輩の方だ。

だから、それ以上追求はしなかった。

それが今回の相談に大きく関わっていたとは、思いもせずに。

*

——チャンスだ！

森先生は自動販売機で買ったコーヒーを、その場で開けて飲み始めた。

昼休み、僕は森先生の後を尾け、様子を窺っていた。とにかく機会を待ってみよう、そう提案したのは白野さんだ。

『無理やり体液を取りに行く方法もいろいろあるけれど、日常の中で体液を得るタイミングもたくさんあると思うの。今はどういうパターンがあるか、少し調べてみたい』

と言っても、あまり観察の時間は取れなかった。授業間の一〇分の休み時間は、次の授業の準備や移動教室があり、職員室まで行く暇なんてない。期待できるのは昼休みか放課後だと判断し、僕らは弁当を食べ終えたあと、別々に教室を出て森先生を尾行していた。

自動販売機は校舎を出てすぐの花壇の脇に設置されている。この時期何も咲いていない花壇の前で、森先生はコーヒーを飲んでいる。

職員室からこっそりと森先生の後を尾けた僕は、昇降口の柱の影から彼を観察していた。校門を入ってすぐのロータリーの、校訓の書かれた石碑の裏に潜んでいた白野さんが顔を出して、目線で「行け」と指示を飛ばしてくる。単純に先生と話して、ほしい情報を取ってこいということだろう。彼の持つコーヒーの缶を利用して、だ。

もう半分ほど飲み終わっただろうか。缶の傾きが水平を越え始めた頃、僕は森先生の前に躍り出た。「先生!」と声をかける。

「なんだ、またキミか。どうしたいきなり。今度はなんだい?」

森先生は話す際、さり気なく手の甲を口に当てている。やはり「息臭い」と言われたのを気にしているのか。今日も半袖のポロシャツは、ピシッとしていて皺がない。

「いや、特に用というわけでも。ただ見かけたから」

「そ、そうか……」

森先生は頷くと、手の甲を外して缶に口をつける。もうコーヒーは残り少ないだろう。躊躇っている時間はない。僕は白野さんに、こんなアドバイスももらっていた。

『多少強引にでも話題を振って、ほしい情報を得るために相手の思考を誘導していいと思うわ。言動がいくら不自然でも、こちらが変態能力を持っていることを相手は知らない。絶対にこちらの意図を読まれることはないから』

この助言に則り、僕は森先生に切りこむことにした。

「ところで先生って、この学校に彼女がいるんですか?」

森先生はコーヒーを吹き出した。

「な、なんのことだ！　昨日のよくわからない話と関係あるのか？」

「いや、なんとなく先生が、他の先生とつき合ってるんじゃないかと思いまして」

「そ、そんなことあるわけないだろ！」

動揺がとてもわかりやすい人だった。

早くこの場から立ち去りたいのだろう。森先生はコーヒーの残りを飲み干すと、自動販売機横のゴミ箱に近づこうとする。初めからゴミ箱のそばを狙って立っていた僕は、あくまで自然に「あっ」と声を上げて開いた手を差し出した。

「捨てときますよ」

「お、おう。悪いな」

森先生は特に疑う様子もなく、僕に缶を渡してくれる。そして急ぐように踵を返し、離れていこうとする。その背中に、僕は声をかけた。

「先生、今日は口臭くなかったですよ！」

森先生は一瞬立ち止まって振り向きかけ、しかしそのまま歩を進めて去っていった。

これで少しは気を楽にしてくれるといいけど。そう思いながら、僕は手に残されたコーヒー缶に目を落とす。意を決し、そっとその飲み口に舌の先をつけた。

『どうして俺と裕美の関係がバレてるんだ——』

裕美はおそらく我が校の養護教諭の名前だ。生徒から裕美ちゃん先生という呼び名で親しまれておりすぐにわかった。二〇代前半で背が高く、丈の長い白衣がよく似合う先生だ。

すぐにロータリーまで戻って白野さんに報告した。

「裕美、ね。でかしたわよ、上河くん」

念のため、職員室にある机の並び順が書かれた表で、他に裕美という名前の教師がいないか調べに行ったが、間違いなく養護教諭の彼女だけだった。

「これで準備は整いそう。放課後は屋上に集合よ」と、白野さんが言う。

僕は大きく頷いて返事をした。

そのときは完全に、スムーズに事が進んでいるように感じていたのだが――。

「……どうしたんだろう」

放課後、屋上で机と椅子を準備し、二〇分ほど待ったが、白野さんは姿を現さなかった。これまで屋上に集合する際、白野さんは必ず僕より先にきていた。おかしい。いったいどこで何をしているのか。

さらに一〇分が経過し、僕が捜しに行こうかと迷い始めたときだった。

屋上に勢いよく駆けこんでくる者がいた。滑りこむように走ってくると、彼女は僕の目の前でブレーキをかけ、目が合ったところで声を上げた。

「待たせたわね、上河くん！」

「し、白野さん！　どうしたの、そんなに急いで⁉」

「あと一〇分で良枝先輩がここにくる。つき添いで、小百合先輩も」

「あと一〇分で？」

「ええ。その前に一つ、片づけなければならないことがある」

言いながら、白野さんは肩にかけていた鞄に手を入れ、ガサゴソと探り始める。

「片づけなければって何を？　ていうか、どこ行ってたの？」

「三年二組、良枝先輩を呼びにね。恋愛相談の件について話すから屋上にきてくださいと」

「呼びに行くだけにしては遅くない？」

「鋭いわね。その前に、少し話をした」

「話？　良枝先輩と？　でも屋上に呼んだんだよね？」

疑問をぶつける僕に、白野さんはふふっと笑った。

「昼休み、あなたがよくやってくれたから。なら、私も何かしなくちゃと思ってね」

もしかして今、普通に褒められたのだろうか。なんだか身体の内側がじんわり熱くなる。

「そ、それで、なんの話をしてきたの」

僕は色めき立つ気分を抑えながら、再度白野さんに訊ねる。すると白野さんは、鞄からお茶のペットボトルを取り出して机の上に置いた。まだ中身が三分の二ほど残っている。

「それ、飲み口を舐めてみて。あげるような雰囲気でペットボトルごと渡しておいて、話題を振っている間に飲ませて、それでその後、私も飲むからと言って回収してきたの」

僕はペットボトルを手に取る。

「すごいね。これ、どんな秘密が記憶されてるの？」

「誰のどんな思考がこめられているか、舐めてみればわかるわ。私の予想が正しければ、それで真実が明らかになる。とにかく今は時間がないの。先輩たちがきてしまう」

ん？　良枝先輩の体液ではないのか？

「もっと時間をもらえればよかったのに。先輩たちをここに呼んだの、白野さんなんでしょ？」

「上河くんの言うことは尤もよ。ただ、どうしても早く、決着のつかない恋に悩む良枝先輩を助けてあげたくて」

「あ、ああ……」

それで時間を切り詰め、良枝先輩を呼んだわけか。

さすが恋解部の部長、自称「恋のキューピッド」。恋に関することに対しては、強い思いやりを持って行動するのだ。

白野さんの恋を大切にする姿勢に、僕が改めて感心していると、

「それに、一〇分もあれば十分だと判断したのよ。良枝先輩には真実を話すだけ。だいたいどうなるかは想像できているわ。あとはあなたが能力でもう一つの事実を確認するのみ」

そう言って、白野さんはにやりと笑った。

もう一つの事実？

なんのことか気になるが、これ以上の質問はやめておいた。時間がない。

今は、彼女を信じて。

僕はペットボトルのキャップを開け、飲み口を舐める。そして脳内で再生された衝撃の

事実を、白野さんにそのまま伝えた。

＊

良枝先輩は今日も、小柄な身体を不安げに扉から覗かせる登場の仕方だった。後ろから現れた小百合先輩に優しく背中を押され、意を決したように頷いて屋上に入ってくる。

僕らの方に近づいてきた良枝先輩はぺこりと礼をした。

「どうぞ、お座りください」と白野さんが言う。

白野さんが席に着き、僕がその横に少し間を開けて立つという形で、僕らはすでに待機していた。僕が机を回りこんで椅子を引くと、良枝先輩は会釈をしつつその椅子に座る。その際、いつか嗅いださっぱりと甘いもぎ立てのリンゴのような香りがふわりと舞った。彼女の使うシャンプーの香りだろうか。

良枝先輩の隣に、小百合先輩が自分で椅子を引いて座る。こうして、夕陽でオレンジに染まる屋上に、今回の解決に関わる四人が集まった。

白野さんは一同の顔を見回すと、良枝先輩と視線を合わせながらゆっくりと話し始めた。

「……彼女さんがいたんですね」

「ええ。そういうことです……」

森先生が養護教諭とつき合っていること。良枝先輩との噂が広まり彼女に嫌な思いをさせないため補習が中止されているだろうこと。それらを調査結果として白野さんは話した。

そしてこう、つけ加える。

「恋の終わりはしっかりケリをつけるべき。片想いを引きずっても、幸せにはなれないわ。あなたはその人への恋に恋することしかできなくなる。早いうちに先生と話してみることをオススメします」

良枝先輩は俯き加減でじっとその言葉を聞いていた。しばらくして、ブレザーの袖でぐいっと目元を拭って立ち上がる。潤んだ瞳で白野さんを見た。

「ケリをつけてきます」

「ええ。またいつでも相談にきてください」

良枝先輩は「ありがとうございます」と頭を下げる。

「良枝……」小百合先輩が立ち上がり、心配そうに良枝先輩の腕に手を添える。

「小百合ちゃん。わたし、ちょっと先生のところに行ってくる。一人で大丈夫だから。ここまでついてきてくれてありがとね」

良枝先輩は腕に置かれた小百合先輩の手を取り、そっと握り締める。それから手を離し、扉の方へと歩いていった。彼女の背中が階段室の奥へ消える。

良枝先輩を見送ったあとの屋上は静かだった。三人とも喋ろうとしない。

良枝先輩はこれから、ラブレターを渡して以来ずっと話していなかった先生と一対一で向き合うのだ。好きな相手に彼女がいたと知り、ショックを受けながらも、しっかりとケリをつけに行った。その足取りは、ここへきたときよりもしっかりしていたように見えた。

やがて我に返ったように小百合先輩が動きだす。何も言わず階段室へ向かおうとする彼女を、白野さんが呼び止めた。

「あなたはこれからどうするんですか?」

小百合先輩が振り返る。

「……どうするって?」

「良枝先輩との関係です。うまく先生との仲を切り裂けて、満足ですか?」

「なっ……。いきなり何言ってるの? 意味がわからない」

眉間に皺を寄せ、首を傾げる小百合先輩。ただ、その口元は強張っている。

白野さんはふっと息を揺らした。

「いま説明した通り、先生が補習を開かなくなった根本的な理由は、彼女がいることと、変な噂が広まってしまったことです。が、先程教室で、あなたとは二人でお話ししましたよね。広まっている噂には、悪意があると」

さっき白野さんが屋上に遅れてきたのは小百合先輩と話していたからだったらしい。確かに白野さんから渡されたペットボトルの唾液には、小百合先輩の心の声がこもっていた。

「今、三年生の間で広がっている噂は、事実無根なものばかりです。実は二人はつき合っており、勉強を見てあげるという体で一緒にいたいだけとか。補習と称して、毎日イチャついているとか。普通、噂が一人歩きするにしても、そんなでたらめに飛躍することはないと思うんです。だって、二人は普通に補習をしているだけなんですよ? ちなみに噂が広まりだしたのはごく最近――良枝先輩が森先生に手紙を渡す少し前くらいですね。これはツナガルの匿名掲示板のログを遡って調べたんですが。やはり噂に尾ひれがつくには速すぎる気がします。つまり、誰かが悪意を持って誇張した噂を流している。私のこの考え、先程お話ししたときに納得してくれたはずです」

「悪意というか、誰かの悪戯心でそんなふうに広まったのかなと思うけど。それが何？」

「悪戯心ですか。まぁいいです。……この噂、流したの小百合先輩ですよね？」

いきなり自分の名前が上がり、小百合先輩はぴくっと身体を揺らす。僕にはそれが、動揺が走ったように見えた。

「な、なんで？　そんなわけないじゃない。証拠はあるの？」

「証拠を出せ、なんていうのは犯人のセリフですよ。というのは置いといて、証拠はありません。確実に信用できる筋に聞いたとしか」

確実に信用できる筋。それは犯人自身だ。白野さんが噂の話を振って得た唾液の中で、

『悪意……。そうね。私が噂を流したと知ったら、良枝はきっと怒るだろなぁ』

と、小百合先輩はばっちり自白していた。

ただ、それは僕の能力を使って得た情報なので、他の人には説明できない。

「そんなの信じられないわ」と小百合先輩が言う。

「そうですか。私にも証明する方法はありません」

どうやら白野さんは、僕の能力には触れないでいてくれるらしい。代わりに、違う切り口に踏みこんでいく。

「ですが、噂を流した動機ならわかります」

小百合先輩は顔を細かく引き攣らせながら「動機？」と訊ねた。

「はい。小百合先輩……あなたは良枝先輩のことをただの友達以上に思っている」

「えっ？」と僕は声を上げた。ただの友達以上とはどういうことだろう。

噂を流した動機は単純、良枝先輩と森先生の仲を引き裂くためではなかったのか？

しかし、僕の混乱をよそに、白野さんの言葉は続いていく。

「それがどこまでの感情かは、私にはわかりません。ただ、あなたは良枝先輩が好きと言う森先生に嫉妬して、悪意のある噂を流した。教師としての立場を危うくさせて、良枝先輩と距離を置かせようとしたのかしら。噂が流れ始めたのが、良枝先輩が手紙で告白をする少し前というのは、告白しようと思っていることを良枝先輩から相談されたからじゃないですか？　万が一つき合うなんてことがないよう、二人が怪しい関係だと先に公に晒してしまおうとしたのかも」

小百合先輩が森先生に嫉妬？　なんだか見えている世界がひっくり返ったような感覚だった。良枝先輩と森先生の仲を裂こうとしたのは、良枝先輩への想いがあったから――？

「ど、どうしてあんたに、私の良枝に対する気持ちがわかるのよ！」

「その焦り具合が証拠ですよ。というのはズルいのでなしとして。最初に気づいたのは、初めて会った日、あなたが落としたメモを見たとき」

本当に出会って間もなくじゃないか、と僕は驚く。良枝先輩の相談の途中、小百合先輩が手帳の間からメモを落としたのだ。確か買い物メモだった気がする。

「あのメモに書かれていたシャンプー、良枝先輩が使っているものですよね。私も以前、使ったことがあるんです。りんご畑っぽい匂いが好きだったんですけど、売っているお店が少なく、違うものを使うようになってしまって。先輩はもう手に入れましたか？」

ついさっき嗅いだ、もぎ立てのリンゴの香り。やはりあれはシャンプーの香りだったようだ。以前白野さんが言っていた、『私が女子だから気づいたこと』というのはこのことだったのか。女物のシャンプーなんてわからない僕は、メモを見ても何も気づけなかった。

「メモには他に制汗スプレーやコロンの銘柄が書いてありましたが、あれも全部良枝先輩が使っているものなんですよね？　彼女と同じ香りを身に纏いたい、もしくは彼女の香りに包まれたい。先輩がそう思っていることを知りました。そしてそこから、小百合先輩は良枝先輩に特別な感情を抱いているのでは、と私は考えました」

「そ、そんなこと思ってないっ」

小百合先輩は裏返った声を上げる。その顔はりんごのように真っ赤に染まっていた。

「そうですか。じゃあもう一つ。先輩が言ったらしい言葉の意味を解いてみましょうか」

白野さんはちらりと僕を見た。

「上河くん、昨日あなたが、森先生が実家暮らしかどうか調べに行ったとき。先輩が取り乱して何か意味深なことを言ったのよね？」

「あっ、うん。『私が彼女のためを思ったことなんて、一度もない』ってやつだね。先輩が良枝先輩のために森先生の住んでる場所を調べてあげた話を聞いて、僕が友達思いですねって言ったとき」

「私が彼女のためを思ったことなんて……要するに、小百合先輩が良枝先輩のために何かをしたことは一度もないということ。つまり先生の住む場所を調べたのも、自分のためということ。一瞬、小百合先輩も先生のことが好きで、噂を流したのもそれで――と勘違いしかけたけれど、違うわ。先生の住んでいる場所を知って、喜ぶのは良枝先輩。そして、良枝先輩に感謝されるのは、小百合先輩。きっと、良枝先輩が喜ぶことならなんでもしてあげたいと思っているのでしょう？　小百合先輩は良枝先輩のために行動して、少しでも自分に気を惹こうとしていた」

「自分に気を惹こうとして……。だから全部、自分のための行動だったと。それで、あんなセリフが……」

白野さんよりもその勘違いを信じこんでいた僕は、思わず声に出して繰り返してしまう。

「そう私は推理した。全ては、良枝先輩を想ってのこと。普通に考えて、森先生のことが好きなら住所を調べても良枝先輩には教えないだろうし。まぁまだ、本当は教えていないという可能性もあるけれど。だけどそもそも、良枝先輩が恋敵であるならば、ここまで親身に協力的になっているのはおかしいと思うのよ」

言いながら、白野さんは僕から小百合先輩に視線を移す。

「否定したいなら、自分のセリフの真意を説明してください。良枝先輩のためでも自分のためでもないとしたら、先輩はなんのために行動していたのですか？」

小百合先輩は小さく唇を噛み、しばらく口を開かなかった。丁度周囲に雑音もなく、世界がしんと静まり返る。

「……何よ」

やがてぼそっと声が聞こえてきた。小百合先輩はすぐに呼気を荒らげながら言葉を継ぐ。

「何よ、その目は。その問い詰めるような言い方は。認めればいいの？　良枝のことが好きだって。そしたら今度は笑うんじゃない？　同性を好きになるなんておかしいって」

小百合先輩の目は真っ赤に充血していた。

「一年のとき、うまく友達が作れず一人でいた私に、あの子は優しく話しかけてくれた。それからずっと、一緒にいてくれた。でもそれは、友達として。なのに、それなのに、私は変な気持ちを抱いてしまって……」

白野さんの推理は当たっていたようだった。本当に、小百合先輩は良枝先輩に特別な感情を抱いていた。

それは友人としての過剰な独占欲だろうか、とも僕はちらりと考えていた。一緒にいられる時間が減るのが嫌で、良枝先輩を森先生に取られたくない、みたいな感じた。白野さんもその辺りは、どこまでの感情かわからない、として明言していなかった。

しかし小百合先輩は、はっきり「好き」と口にした。

だけど、たとえそれを知っても、僕は……。

「変だなんて、思わないです。恋に性別なんて関係ない。人を好きになるという気持ちは、とてつもなく尊いものですから」

白野さんがどこか慈しむような穏やかな口調で言った。

そうだ、その通りだ。僕も、決して小百合先輩をおかしいだなんて思わない。

「ただ、私が言いたいのは、人の恋路を邪魔するような方法を採るくらいなら恋なんてしない方がいいということ。変な噂を流すなんて卑怯な真似しないで、相手のことを尊重して正々堂々挑んでみてください。真摯な想いはきっと伝わるものです」

小百合先輩は瞳を大きくして白野さんを見る。しばしの沈黙のあと、ふらりと踵を返す。

「どこへ行くんですか?」と、白野さんが訊ねた。

「……一人にさせて」と、小さな声で返事がある。

離れていく小百合先輩を僕は静かに見送った。心配だが、かける言葉も見つからない。

小百合先輩が屋上から去ると、白野さんはふぅと深く息を吐いた。背もたれに身体を預けながら、立ったままの僕を見上げて言う。

「以上、恋のキューピッドのお説教でした」

「先輩相手に、よくあそこまではっきり言えるね、キューピッド」

聞いていて、たまにひやっとする場面があった。しかし白野さんは気にしていないようで、「二人とも心配だわ」と呟いている。

「これから先輩たちがどうなるか気になるな」

「もちろん二人のその後はちゃんと見守るわよ。まだ解決したとは言えないし、アフターフォローも恋解部の活動だから」

今回恋解部と接触し、先輩方の今後に一八〇度変わってしまうかもしれない。知らなかった事実を知り、自分のやり方を否定され、これまで通りはすごせないだろう。恋解部の部長はそんな二人と最後まで向き合うと言っている。きちんと責任感を持ち合わせている。

僕が「そっか」と呟くと、白野さんは頷いた。

「でもまぁ、今はひとまずお疲れ様」

そう言って、彼女は椅子の上で大きく伸びをした。

＊

恋愛相談募集のチラシに、屋上にて受付という文言をつけ加えた。これからも屋上を根城に活動していくと、白野さんが正式に決めたためだ。

そうして僕らが屋上で新たな相談者を待っていると、前触れなく扉が開かれた。あの事実を伝えた日から数日が経った放課後、良枝先輩と小百合先輩が再び屋上を訪ねてきた。二人は初めてのときと同じ、相談者とそのつき添いという形でやってきた。ただ、僕には二人の距離が少しだけ、以前より近くなっているような気がした。

「わたし、無事に失恋できました！」

席に着いた良枝先輩は、晴れやかな調子で口を開いた。それから、森先生と話した内容を僕らに教えてくれた。

森先生が校内の人とつき合っているというのは本当だった。名前を挙げて訊ねると、相手が養護教諭だと認めてくれたそうだ。補習については、でたらめの噂を聞き及んだ彼女が、先生と良枝先輩が二人きりになるのを嫌がり、実施できなくなっていたらしい。ただ、それもしっかり話し合い、根も葉もない噂だと理解してもらった上で、できるだけ早く再開しようと考えていたそうだ。すぐに問題を片づけて連絡するつもりでいたのだが、これ以上噂が広まるのは学校的にも問題があり、沈黙状態が長引いてしまったようだった。

「先生にも大切な人がいるんだって……。でも、お前はほっとくと卒業できなくなるから、絶対に補習は再開するって……」

「心配してくれていたんですね」

静かに落ち着いた声音で、白野さんが言う。

「やっぱり先生は優しかったです。でも話していると、彼女さんをとても大事にしていることが伝わってきました。だからわたし、頑張って諦めます」

はじめは明るく振る舞っていたものの、話しながらちょっとずつ目を潤ませていた良枝先輩。最後には肩を震わせながら泣きだしてしまう。

良枝先輩は自分の恋愛にケリをつけ、新たな一歩を踏み出した。だけど、感情はそう単純なものではないようだ。完全に気持ちの整理がつくまで、まだ時間がかかるだろう。

「また何かあれば話を聞かせてください。先生のことでも、次の恋の話でも。なんでもいいので待っています」

白野さんの言葉に、良枝先輩はこくこく首を振った。

そんな良枝先輩の腕に、小百合先輩がそっと手を添える。

「良枝、私もいるからね」

「うん、ありがと。小百合ちゃん」

「いいの。……そろそろ行こうか」

良枝先輩は小百合先輩に寄り添われながら立ち上がった。「ありがとうございました」

と何度目かわからないお礼の言葉を残し、机から離れようとする。それを昨日と同じように、白野さんが呼び止めた。

「待ってください。……先輩は？　どうするんです？」

　小百合先輩が振り返って、白野さんを見た。

「……反省はしてる。タイミングを見て、謝ろうと思ってる。だけど、このチャンスを逃すつもりもない」

　言って、小百合先輩は良枝先輩の腕を引き寄せる。良枝先輩は「え、え？」とわけのわからない様子で、小百合先輩と白野さんの顔を交互に見ている。

「応援します」白野さんがはっきりと言って、頷く。

　小百合先輩はふっとかすかに笑い、良枝先輩の腕を取ったまま歩きだした。

「今のってなんの話？　ねー、小百合ちゃん」と、良枝先輩が引っ張られながら訊く。

「良枝は気にしなくていいの」

「えー、気になるよー」

　そんな二人の声が遠ざかり、やがて扉の奥に消えていった。

　教師と生徒。それから女性同士。

　少々特別で、けれども尊い恋にまつわる問題は、こうして一件落着となるのだった。

　先輩方がいなくなった屋上で、僕は白野さんに訊ねる。

「これが恋解部の活動？」

　どこの学校にも存在しないだろうわけのわからない部活。創設者は謎だらけの女子。

ただ、活動を通して、彼女が恋愛に対して熱い想いを持っていることだけは伝わってきた。その理由はまた、謎なのだが。

僕はそんな彼女に脅されて、一緒に活動してきたわけだけど――。

「ええ、これからもこんな感じで活動していくわ。まず一つ、解決よ」

その彼女の言葉には思いがけず、ほんのり胸がふわつくような達成感を覚えたのだった。

「上河くんにはこれからも変態能力を使いまくってもらうから。覚悟しておいてね」

「いや、それは……。ていうか、今回その能力のおかげでわかった事実もあっただろ？　とりあえず、変態って枕詞つけるのやめない？」

「使い手が変態だから仕方がないのよ。今回だってあなたがターゲットの体液を必死に手に入れようとしているのを見て、若干引いたし。ガムの唾液を求めてゴミ箱を漁るって」

「ちょ、それをやれって言ったの白野さんだよね⁉」

「唾液ゲットしたぜ！　って、嬉しそうに寄ってくるし」

「コーヒーの缶のときの話？　あれは得た情報をいち早く白野さんに伝えようと……。てか、どっちも相手は森先生だよ？　男の人の体液を舐めて喜ぶわけないじゃないか！」

「つまり女性のなら大喜びと。ちょっと、よりリアルな変態感を出さないでくれる？　見て、鳥肌が立ったわ」

白野さんが制服の袖をめくり、身体を遠ざけるようにしながら腕だけ僕の方に突き出してくる。血管の透ける白い腕には、本当に鳥肌が立っている。

「さ、寒いからだよね？　僕、変態じゃないよ？」

僕は必死に否定の言葉を続ける。そんな僕を見て、白野さんはくすっと笑う。

変態扱いは変わらないが、なんとなく、白野さんの僕に対する反応が柔らかくなってきていると感じたのは、僕の気のせいだろうか。

「まったく、本当に気持ち悪い。だけど、すぐにでも断罪されるべき変態に、私は救いを与えてあげているの。天使のような私に感謝して、しっかり働きなさい」

そしてとにかくわかったのは、僕が無事にこの学校を卒業するためには、恋解部に所属するしかないということだった。

調査のために、能力を使い続けなければならない。

いつの間にか、胸に満ちていた達成感はどこかに霧散していた。

〈2〉恋の泉は湧き上がる

「ようよう上河、お前最近、白野さんとよろしくやってるらしいじゃねぇか」

「よろしくってなんだよ。別に、何もないよ」

休み時間、次の授業の準備をしていた僕に、前の席に座る三城が話しかけてきた。

「いやいや、聞いてるぜ？　毎日屋上で恋がどうのこうの、何やらこそこそやってるって。なんだなんだ、いつの間にそんな仲になってんだ？　案外上河も隅に置けないなぁ」

「や、それはやむにやまれぬ事情があってね、参加させられてるっていうか。決して仲が深まったりはしてないっていうか」

むしろ変態扱いされて引かれているくらいだ。

「ほー。てことは、屋上のあれは白野さんからのお誘いってわけか？　へぇ、あの子、大人しそうなのに男子を誘ったりするんだなぁ」

「お誘いっていうか、脅迫っていうか……」

あと、みんなが見ているおしとやかな白野さんは幻想である。

「脅迫？　そいつはなんだか物騒だな。白野さんにか？　いったい何を脅されてるんだ？」

「い、いや、それはいいよ。っていうか、なんで三城が僕と白野さんのこと知ってるの？」

「なんでって、結構噂になってるぜ？」

そう言って三城は、席に座ったまま教室の中を見渡してみせる。

今日で僕が恋解部に入って約二週間が経つ。いつの間にか、僕と白野さんが屋上で活動していることは、学校内でかなり広まっているようだった。しかしその噂の内容は、僕と白野さんが最近怪しい、というもの。恋愛的な意味で、だ。恋解部の活動よりも、急に親密になった僕らの関係についてフィーチャーされているようなのである。

そして、それが目下、恋解部が抱える問題となっていた。

はぁ、と深く息をつき、項垂れる僕。その前で三城が、「恋のため息か？」と首を傾げた。

＊

「……こない」

放課後の屋上に設置された机の上に、そんな呟きが転がった。僕はいじっていたスマホから視線を上げ、声の主、正面の席で机に突っ伏す白野さんを見る。

「さっき、女子が二人、扉のとこから覗いてたよ」

「どうして入ってこないのよ。あなたが変態だからじゃないの？」

「僕、変態オーラまで出ちゃってるの？　違うでしょ、完全に僕らが怪しいからでしょ」

「怪しいって、私たちはただ相談者を待っているだけなのに……」

机に伏せたまま顔だけ横に向けた白野さんは、ふてくされたように頬を膨らませた。

良枝先輩の相談を解決して以来、まだこの青空相談室に次のお客が現れていないのだ。

チラシを見てやってくる人もいなければ、メールをくれる人もいない。良枝先輩のように自分たちだけではどうにもできないほど悩み、藁にも縋る思いの人でないと、こんな得体の知れない部に関わろうとはしないのだろう。

たまにぱらぱら人がやってくるが、屋上を覗くだけで帰ってしまう。僕と白野さんが何やら部活のようなものをやっていると聞き、さらにそこに恋愛的な噂が加わって、みんな冷やかしにきているのだ。認知度だけは確実に上がってきているのだが、それが白野さんのイライラに拍車をかけている。

以前、一度だけ同じ二年の白野さんの知り合いが数人で相談にきたことがあった。しかし、内容は彼氏が全然できなくて——のような、相談というよりは世間話に近いものだった。その同級生たちが屋上に溜まっている間、白野さんは不機嫌さの滲む表情でその話を聞いていた。話を振られたときだけすぐに取り繕った笑みを浮かべる白野さんを見て、僕は密かに楽しんでいた。

「はぁ……。どうしよう」長いため息をつき、白野さんが呟く。

「どうしようって。相談者がこないとまずいことでもあるの？」

「別に。ていうか、あなたそれ訊くのもう何回目よ。いい加減やめてくれない？」

それを言うなら、いい加減教えてほしいものだ。白野さんに明らかに相談者がこないことに困っている。ただ、その理由がわからない。

なぜ白野さんは恋解部をつくってまで、必死に誰かの恋の悩みを解決しようとしているのか。単純に恋愛を推進するためだけとは思えない。

それは彼女がひたすら誤魔化そうとする、自殺のことに何か関係があるのだろうか。

普段、全然そんな雰囲気がないから忘れてしまいそうになるが、白野さんは自殺の方法について悩んでいたのだ。もしかすると、黒野さんという裏の顔のそのまた裏に、本当に真っ暗な闇を抱えているのかもしれない。

僕はどこか遠くの景色を眺めるフリをしながら、横目で白野さんの方を窺う。

白野さんは先程から机に突っ伏したままだ。重ねた両手の上に乗せられた頬が潰れ、唇が不満そうに突き出されている。

今の白野さんからは、自殺を考えているような危うさは感じられない。僕の目に映るのは、日々やりたいことをし、不満と闘う、一人の女子高生だ。

ただ、一度、彼女が真剣に自身の抱える何かと向き合っている場面に遭遇したことがある。そのとき彼女は屋上で黒いカバーの手帳を見ながら、非常に難しい表情をしていた。単に悩ましげという印象を通り越し、その彼女からは悲壮感のようなものまで感じられた。

いったい何を抱えているのか。僕がそんなことを考えていたときだった。

「こうなったら！」

白野さんががばりと身体を起こした。いつの間にかがっつり白野さんを観察していた僕は、慌てて顔を斜め上に逸らした。

「……ん？　何をしているの？」

胸元でガッツポーズをした白野さんが、僕の方を不思議そうな顔で見る。

「い、いや、なんでもないよ。それよりどうしたの？　こうなったら？」

「ええ。こうなったら、こちらから相談者を探しに行くわ」

「えっ、探しに？　どこに？」

「校内のどこか。もう待っていられない！」

白野さんは立ち上がり、扉の方へ歩きだす。僕は慌ててそのあとに続いた。

「探すってどうやって？　恋の悩みを持ってそうな人とかわかるの？」

「どこかで泣いている人とかいないかしら」

「雑すぎない⁉　泣いてる人＝恋愛に悩んでる人ってこと？」

「じゃあ、突然髪の毛を切ってきた女子とか」

「女子が髪を切るのは失恋のサインって？　でもそれってもう吹っ切れてるんじゃない？」

「上河くんがうるさいから特徴を挙げてみただけよ。だいたい雰囲気でわかるものなの、恋に悩める子羊ちゃんなんて」

そう言いながら、白野さんは周囲をきょろきょろ見回しながら廊下を進んでいく。

渡り廊下を通って北校舎へ。放課後になり一時間近く経った校舎には、ぱらぱらとしか人が残っていない。それでも白野さんは、教室をひと部屋ずつ覗いていく。

ひょこっと彼女が顔を覗かせる度に、教室にいた人たちの視線が僕らに向く。とても気まずく、僕は教室の中から見えない位置に移動した。

僕と怪しい関係を噂されているのを、白野さんはなんとも思ってないのだろうか。

本当に、僕には彼女が何を考えているのかわからない。なんだかんだでもう二週間、行動を共にしているのにもかかわらずだ。

僕は小さくため息をつき、なんの気なしに窓の外に視線をやった。そして、「……ん？」と目を凝らした。中庭のベンチだ。サッカー部のユニフォームを着た男子と、制服姿の女子が二人で座っていたのだが、男子だけが勢いよく立ち上がって去っていく。女子の方は後を追おうとしない。じっと座ったまま俯いている。

「どうかしたの？　子羊ちゃんでも見つけた？」

足を止めていた僕に、白野さんが振り返って訊ねてくる。

「あ、ああ、もしかしたら」

「うそっ！」

白野さんは急いで近くの窓に寄り、下の方向を睨む。男子は丁度、中庭を出ようとしているところだった。女子の方はまだベンチに残っている。

白野さんの反応に注目していた僕には、彼女の目がギラリと光るのがわかった。

「行くわよ上河くん！　子羊ちゃんを捕まえるわ！」

いつの間にか子羊ちゃん探しは、子羊狩りになっていたようだった。

「あなたの恋のお悩みびしっと解決、恋解部です！」

そんなセリフと共に登場した白野さんを見て、その女子はどう思っただろうか。金色のミディアムヘアーに、耳に光る計四つのピアス。ブレザーの裾から大きくはみ出たカーディガンが、スカートを覆い隠している。そんなギャルっぽい見た目の彼女は、その目尻の尖った目蓋をぱちぱちさせ、それから「はい？」と首を傾けた。

「あなたは今、恋に悩んでいる。達町千華《たちまちちか》さん」

白野さんはその女子の名前を知っていたらしい。達町千華。何度か廊下ですれ違ったことがあり、同じ二年生だというのは僕も気づいていたが。

「その悩み、私たちに聞かせてくれないかしら」

白野さんがにこやかな笑みを、ベンチに座る達町に向ける。営業スマイルだ。

「あんた確か学年一位の……白野だっけ？　屋上でなんかやってるらしいね」

逆に達町も、白野さんのことを記憶していた。白野さんが今、何かに取り組んでいるという情報も、ぼんやりと耳に入っていたらしい。

「ええ。今回は出張恋解部。別に悩みでなくても、理想の恋愛や彼氏の愚痴、なんでも聞くわ。話してみてくれないかしら」

「愚痴……」ぽつりと漏らしたのは達町だった。「聞いてくれんの？」

「もちろんよ。恋愛に関することならなんでも大歓迎」

白野さんが頷くと、達町は先程一緒にいた男子が去っていった方向をちらりと見た。その姿がもう見えないのを確認したのだろう。白野さんに視線を戻し、口を開く。

「うちの彼氏さ、マジ最悪でさー」

「彼氏って、さっき一緒にいたサッカー部の人？　窓から見えていたのだけど」

「そうそう。まぁ彼氏っつってもね、もう別れようと思ってんだけどー」

僕は白野さんの横顔を盗み見た。唇の端が不敵に上がっていた。

「どうして？　ケンカでもしたの？」

「あー、しょっちゅうしょっちゅう。揉めてばっか」

「揉める理由は何かしら」

「なんか、むこうが全然遊んでくんなくてー。部活が忙しい忙しいって。で、休みがあったらあったで、デートしたいって言ってもめんどくさいって断られてばっか。けど夜とか、むこうの都合でいきなり呼び出されたりするし。生理だっつったら露骨に不機嫌なるし」

達町の言葉を聞いていると、僕はなんだか圧倒されるような気分になった。なんというか、生きている世界が全然違う。

「しかもねー、部活が忙しいって遊んでくれないくせに、帰りはマネージャーとご飯食べに行ったりしてんの。そのマネージャーが、友音《ともね》っていうんだけど、うちの同クラの友達だったりするわけ。だからあんま強く文句も言えないじゃん？　人の彼氏取んなみたいに思うけどさー。うち見てることしかできなくて、イライラ溜まってくるっていうか」

ギャル達町はここぞとばかりに愚痴を吐く。その友音という女子を気にして、普段は口にするのを我慢していたのかもしれない。

「それは嫌ね。つき合ってどのくらいなの？」と、白野さんが言う。

「三ヶ月だねー」

「なるほど。なら、倦怠期という可能性もあるわね」

「あー言うよね、カップルは三の倍数の月でダメになる、みたいな。でもうちらはそんなんじゃないよ。そもそも相性が最悪なの。昨日やった『恋の泉』の結果も〇%だったしね」

「『恋の泉』？」

白野さんが数度まばたきをして首を傾げた。『恋の泉』。僕も聞き覚えのない言葉だ。

だが達町は、「え、知んないの？」と驚いた顔をした。

「『恋の泉』だよ？　恋愛鑑定アプリの。当たるって評判で、今めっちゃ流行ってんじゃん」

「恋愛鑑定アプリ？」

白野さんが繰り返すと、達町はこくこくと頷く。

「自分と相手の名前と誕生日を入れたら、二人の相性度が何％か出てくんの。うちらそれで〇％だったわけ。〇ってやばくない？　他で聞いたこともないし、もうドン引き。だからやっぱ、うちら無理なんだなーって。それでさっき言ったわけ、もう別れよ、みたいな」

「え、待って」珍しく白野さんが取り乱したような声を上げた。

「別れようと言った？　その恋愛アプリの結果が悪かったから、別れを切り出したの⁉」

「え、うん、そうだけど？」

「た、たかがアプリの結果で？」

「たかがって言うけど、みんな当たるって言ってるしー」

「当たるって、名前と誕生日を入れるだけで相性なんてわかるはずないじゃない」

「そんなこと言われたってさー。わかるんじゃないの？　占いみたいな感じでしょ？」

白野さんは固く目を瞑って右手を額に当てた。頭痛でもするのだろうか。眉間には深く皺が寄っている。アプリの結果で別れを決意。それは「恋愛とは尊いもの」が理念の白野さんには、理解し難いことなのかもしれない。

「何よ。なんか文句あんの？」

白野さんの仕草が気に障ったのか、達町は目を眇《すが》めて言う。

「いえ……。それで、彼氏はなんと言ったのかしら」

「勝手にしろって。あと、部活の休憩中に呼び出すなって怒って行っちゃった」

さっき、僕が窓から見た光景だ。

「勝手にしろ……。あなたたちはまだ完全に別れを決めたわけではないのね？　さっきあなた、うちの彼氏と言っていたし」

「あー、微妙な感じ。うちは別れるつもりで言ったんだけどー」

「ダメよ！」白野さんが切々とした口調で言った。

「迷っているのでしょう？　考え直して。アプリの結果をきっかけに別れるなんて、絶対に後悔するわ」

「別にアプリの結果が全てってわけじゃないよ？」

「それはわかっているけれど」

白野さんはわずかに唇を噛み、数秒、足元に視線を落とす。しかしすぐに何かを決意したように、真っ直ぐに達町を見た。

「では、こうしましょう。あなたたちの相性度、私たちが判定して差し上げます」

「あんたたちが？　どうやって？」

「さまざまな調査を重ねてです。その結果を聞いてから、この先どうするか考えてみてはどうかしら。達町千華さん。ここまで不満が募る中で、まだ彼氏のことを好きな気持ちが少しでもあるのなら……」

白野さんの丁寧な口調。真剣さが伝わると共に逃げることを許さないような声音だった。

「……まぁ別に、今すぐ別れたいーみたいな感じじゃないし、いいけど。にしても、なんなの？　あんたたち」

白野さんの視線を受けて、居心地悪そうに目を逸らしながら、達町が言う。

「私たちは、恋愛解決部です」

改めて、白野さんが名乗った。

＊

達町に訊いたところ、彼氏は豊北瓢吾《ほうほくひょうご》という名前のサッカー部の男子で、達町と同じ二年五組の生徒だった。

達町と別れたあと、僕と白野さんは購買で飲み物を買い、運動場にサッカー部の見学をしに行った。時刻は午後五時半をすぎたところで、もうだいぶん日暮れが進んでいる。三年生が引退し、ごそっと部員が減ったサッカー部は、運動場にまばらに広がってゲーム練習をしているようだった。時折コーチらしき人の指示する声が飛ぶ。

「あの茶髪で襟足の長い男ね。部活の練習中くらい、もっとズボンを上げてはどうかしら」

「典型的なチャラ男ってやつだな」

さっき中庭で達町と話していた男子に間違いない。あの男が豊北瓢吾だ。

「顔は悪くないし、達町さんのような女子が好みそうな男だけど。問題は中身か」

そう言いながら、白野さんは両手で握るように持っていたおしるこ缶の蓋を開ける。

「おしるこ好きなの？」

「ええ。張りこみと言えばあんこ物でしょう？」

「あんパンと牛乳なら聞いたことあるけど……」

「その組み合わせは寒い時期に向かないわ」

あんこならなんでもいいのか……。そう思いながら、僕も自分の缶コーヒーを開ける。

二人して一口飲み、ふぅと息をついた。

不意に、白野さんが一歩右に移動する。足下に目を落とすと、僕の右足のスニーカーと白野さんの左足のローファーの間の距離は、だいたい一メートルくらいになっている。

たまに自然と彼女に接近していることもあるが、ふとしたときに距離を取られる。

植えつけてしまった嫌悪感を取り除くのは難しい。白野さんが僕と接してくれているのは、あくまで恋解部の活動のため。それをまざまざと思い知らされる。

「……で、これからどうするの？」沈黙の間が持たず、僕は訊ねた。

「どうするって、決まっているじゃない。二人のことを探るのよ。二人がこの先やっていけそうか確かめて、相性度としてそれを彼女に示してあげる」

「二人のことをって、達町の方も？」

「ええ。彼女が本当のところ、彼氏のことをどう思っているのか。真心、本音の部分でね。逆もまたしかりで、彼氏の本音も知らないと、相性なんて軽々しく口にできない。それは二人が心に秘めている部分かもしれないけれど、私たちはそこを覗くことができる」

やはりそうなるか、と僕は思う。乗り気にはなれないが、仕方ないかという気持ちの方が上回っていた。

「能力を使うってことだね」

「そういうこと」

白野さんは運動場を眺めながら頷いた。おしるこの缶にちびりと口をつける。

「そうすれば、変なアプリよりよっぽど信用できる鑑定ができるわ」

今回の恋解部の活動は、達町千華と豊北瓢吾が今後このままつき合っていくべきか、二人を調べて鑑定するといったところか。単純に、二人が接する様子を見て、お似合いだ──などと決めるわけではない。二人の心の内側も探り、目で見えない現状も把握する。

「あと、アプリなんかに恋を振り回されるバカらしさを、あの子に教えてあげないとね」

そう白野さんが言ったときである。「集合」とコーチの声がかかり、サッカー部全員が運動場の一角に集まっていった。

「時間的に、少しミーティングのようなものをして今日の部活は終わりかしら」

「ああ、そうじゃないか？　この時期、最終下校時間って六時だろ？」

「じゃあ、もうすぐくるわね。これ、持ってて」

白野さんがまだ半分ほど中身の残ったおしるこの缶を、僕に渡してくる。

「何する気なの？」

「ちょっとアタックしてくるわ」

そう言いながら、白野さんは肩にかけた鞄から一本のヤクルトを取り出した。

「なんでヤクルト？　ていうか、どこ行くの？」

「豊北瓢吾のところよ。これくらいの大きさなら、すぐ飲み干してくれるでしょう」

なるほど。白野さんはさっそく豊北の唾液を集めに行くらしい。確かにヤクルトほどの大きさならその場で飲み終えたゴミを回収できるかもしれない。ちなみにヤクルトは購買前の自動販売機で、二本セット八〇円で売られている。このために買っておいたのだろう。

さっそく能力を使うことになりそうだ。僕はため息をつきつつ、白野さんの後に続いて運動場から部室棟への通り道に移動する。プールと体育館の間に挟まれた、特に整備されていない、地面のところどころに雑草が生えた細い抜け道のような場所だ。

「上河くんは少し離れていて」

そう言われ、僕は近くにあった掃除用具収納庫の陰に入った。白野さんはヤクルトを握って道に待機する。僕の位置からギリギリ会話は聞き取れるだろうか。

やがて、部活を終えたサッカー部員たちがぱらぱらとやってくる。その中に豊北の姿を見つけ、白野さんが近づいていった。

「お疲れ様。これ、よかったら」

ヤクルトの蓋を外し、豊北に差し出す。反応を窺うように上目遣いで豊北を見る。

突如前に立ち塞がった白野さんに、豊北はぎょっとしたように仰け反って立ち止まった。

「え、な、何なに？　どうしたのいきなり？」

そう言いながら、ヤクルトと白野さんの顔を交互に見る。

「豊北くんに、飲んでほしくて」

「えっと、差し入れってこと？　俺に？　確か一組の白野さんだよね？　部活終わるの待っててくれたの？」

白野さんはこくんと頷き、両手で持ったヤクルトを再度差し出した。なんだかドキドキするシーンだ。周りを通りすぎるサッカー部員たちが、「ひゅーひゅー」と冷やかしていく。

――白野さん、めちゃくちゃ身体張ってるな……。

そんな思いと共に、僕は一瞬、何やら胸の底にもやっとしたものを感じた。

「へぇ、そっかー」

豊北は満足そうに頷いて、ヤクルトを受け取った。白野さんみたいな美人が自分に興味を示してくれていると知って、喜ばない男はいないだろう。

「でも、なんでヤクルトなの？　こういうのって普通スポーツドリンクとかじゃない？」

「乳酸菌は身体にいいわ」

「そ、そっか。なんかキミ、変わってるね。でも、いいセンスじゃん？」

謎の疑問形でセンスを褒めて、豊北はヤクルトの容器を口につけようとする。

「ところで豊北くん、今、彼女っているのかしら？」

そこに、白野さんが本題をぶっこんだ。少々強引に核心を衝いていくつもりらしい。以前、僕にしてくれた助言通りだ。

「ん？　あー、一応」

それだけ答えてから、豊北はヤクルトを一気飲みする。

一応、か。豊北は今、達町に別れ話をされてすぐの状態だ。そういう答え方になるのは仕方ないかもしれない。

しかしこれで、彼女について意識させた状態で容器に口をつけさせることに成功した。達町との関係を本当のところどう思っているのか、そちらでわかる。

「そう。一応……」

考えこむように呟く白野さんの声が、かすかに届いてくる。その呟きを落ちこんでいるとでも捉えたのか、

「あ、いや、一応っていうか微妙っていうか。でも俺、白野ちゃんなら全然オッケーだよ」

豊北が慌てて言葉を継いだ。何がオッケーなのかは全くわからないが。

「わかったわ。ありがとう」

白野さんはふっと笑みを浮かべると、豊北に道を開けた。手を差し出して、空になったヤクルトの容器をごく自然に受け取る。

「あ、ああ、こちらこそ」

後ろ髪引かれるようにちらちら白野さんを振り返りながら、豊北は部室へと歩いていく。その背中に、最後に白野さんが声をかけた。

「部活、明日もあるの？」

「ああ。昼からな」

明日は土曜日だ。サッカー部は午後から練習があるらしい。白野さんは胸の前で小さく手を振り続け、豊北の姿が見えなくなるとようやく僕のもとに戻ってきた。

「お疲れ様」と、僕は労いの言葉をかける。ヤクルトでも差し入れたい気分だ。

「疲れた。慣れないことをするものじゃないわね」

そう言いながら、白野さんが空のヤクルトの容器を渡してきた。おしるこ缶と交換する。

「よかったの？　あんなこととして。明日から噂になっちゃうかもよ？　学年一の頭脳がサッカー部のチャラ男に夢中、みたいな」

「実際そんな事実ないんだから放っておけばいいの。達町さんに対してだけ、しっかりと否定して。私が相手にしなければ、噂なんてすぐに跡を絶つわ。七五日とかからずにね」

「人の噂も――ってやつ？　けど少しの間でも、つき合ってると噂されるのは……」

僕が話していると、白野さんが首を傾げながらこちらの顔を覗きこんでくる。

「何あなた、もしかして嫉妬でもしているの？」

「し、してないよ！」

僕はただ、教室での白野さんのおしとやかなイメージが崩れないか心配していただけだ。

「じゃあどうでもいいじゃない。私がどこのチャラ男と噂になろうと関係ないでしょう？」

白野さんはふいと僕から顔を逸らしてしまう。

「にしても、デレデレしていたわね。全然オッケーの意味がわからないし、『全然』は誤用だし。変に気があると勘違いさせないように、笑顔は見せないようにしていたのだけど」

「いや、あれは十分勘違いしちゃうよ……」

「そうかしら？」

白野さんは気を遣っていたのかもしれないが、甘い。もう少し自分の可愛さを自覚した方がいい。容姿だけ見た場合、男なら声をかけられただけで浮かれ上がるレベルだ。あの、両手で握ったヤクルトを黙って差し出すシーン、陰で見ながら僕は息を呑んでいた。

「彼女がいるというのにあの対応。誠実さに欠けた男ね。これも相性度を出すのにいいデータになったと考えて……上河くん、能力の方」

「え？　あ、ああ」

きたか。僕は白野さんから受け取っていたヤクルトの容器、その飲み口に目を落とす。渋っていてもしょうがない。僕は深く考えるのをやめ、舌を伸ばした。ちょんと飲み口を舐め、脳内で再生された豊北の心の声をそのまま口にする。

「『こんな可愛い子が俺のファンだったのか。ラッキー。さすが俺』」

「……それが読み取れた内容なの？　彼女のことは？」と、白野さんが訊いてくる。

「うん……。目の前の女子のことしか頭になかったみたいだね」

可愛い子とは白野さんのことで間違いないだろう。会話の内容より、ただただ白野さんに夢中だったようだ。白野さんがぽつりと呟いた。

「あの男、第一印象最悪ね……」

＊

「『恋の泉』は、スマホでダウンロードできる恋愛鑑定アプリ。自分と相手の名前、ふりがな、ローマ字での名前、それから誕生日の月日を指定の枠に入力すると、二人の相性度が表示されるの。好きな人との相性度が一〇〇％だった女子がね、思い切って告白すると成功したそうで、そこからこのアプリで相性度が高い二人はうまくいくという噂が広まり、恋人のいる人はみんな試すようになった……ということらしいわ」

「なるほど。よく調べたね」

「このくらいの情報、ネットで検索したらすぐ出てきたわ。人気になったのは最近。個人が作ったアプリらしいけれど、週間ダウンロードランキングで三位に入っているわ」

達町の恋の行方について恋解部で取り組むことになった翌日の土曜日、僕らは午後から登校してきて部活動に励んでいた。サッカー部の練習が終わる夕方までは屋上で作戦会議をする予定で、そこで白野さんが話題に挙げたのが、例の恋愛鑑定アプリのことだった。

「上河くん、見て。こんなチープなアプリが流行っているらしいわよ」

そう言いながら、白野さんが操作していたスマホを僕の前に置いた。

「ダウンロードしたんだ」

表示されていたのは『恋の泉』の画面だった。噴水と泉の絵があり、その上に「恋の泉」という文字が浮かんでいる。画面をスクロールすれば入力欄が現れ、その下に「鑑定する」と書かれたボタンマーク。文字は全て明朝体で、背景の絵もスクロールについてこない仕様だ。かなり手作り感の見て取れる作りで、白野さんがチープと言う意味がわかった。

「上河くん、あなた誕生日は？」

「僕？　四月四日だけど」

「へぇ、偶然。私は八月八日よ。ダブルスコアね」

「何を競われてるんだ……」

白野さんはくすっと笑いながら、机に乗り出して、スマホに指を走らせる。『恋の泉』を試すつもりのようだった。僕も画面を見ようと身体を前に出すと、白野さんはスマホを手で取り上げて背もたれの方に身を引いてしまう。さりげない接近も避けられている……。

「名前の漢字、ふりがな、ローマ字。それから誕生日、と」

入力を終えると、白野さんは「これでよし」と呟き、僕の方にスマホ画面を見せながら「鑑定する」ボタンをタッチする。数秒ほどの読みこみ時間があり、僕は無意識にこくっと唾を飲んだ。やがて結果が表示される。

『二人の相性度は――一〇％　お幸せに！』

じゅ、一〇％……。幻覚だと信じ、僕は瞬きをして数字を見直した。現実だった。

「どう？　結果はこんな感じで表示されるの。ちなみにネットでの情報だけど、相性度は必ず一〇の倍数または〇になるらしいわ。あと、結構高い数字が出やすいみたい」

「高い数字が出やすいって、僕ら、やっぱり相当、相性悪いんだ……」

「あら、ショックだった？　私は結構妥当な数字だと思うけれど」

かすかに笑みを含んだ表情で、白野さんが僕を見てくる。

「べ、別に、ショックだなんて。だいたい、こんなアプリ嘘っぱちなんでしょ？」

今にも肩を落としそうなのを誤魔化すように強がって、僕は今回の課題の一つに触れた。

「上河くん、わかっているじゃない。そう、こんなアプリ、なんの信憑性もないもの。それを証明するために、このアプリの仕組みを解き明かす」

スマホに表示された相性度の下には、「結果を友達に知らせる」という文字があり、S

NSやチャットアプリなどのアイコンが並んでいた。そのさらに下には、「入力画面に戻る」というボタンもある。白野さんはそこをタッチする。

再び表示される、空欄が並ぶ画面。白野さんは再び、何やら打ちこみ始める。

「いい？　今、さっきと全く同じ私たちの情報を入力したわ。結果表示」

最後に画面をタンとタッチして、スマホをこちらに向けてくる。結果は、一〇％。

「どういうこと？」

なぜ二度も僕らの相性度を鑑定したのか。理由がわからず、僕は訊ねる。

「入力内容が同じなら、結果は変わらないみたいね。一応もう一度試してみるけど、この鑑定システムにはなんらかの規則性があると見ていいでしょう。入力した情報の何かを基に、結果が算出されている。いろいろ組み合わせを試して、その規則を見つけ出すわ」

どうやら、もう実験は始まっていたらしい。

「一応、達町さんと豊北くんでも鑑定しておきたいけれど、誕生日がわからないのよね。まぁそれは後回しにして、とりあえず適当な名前を入れていこうかしら。でっち上げた名前で試していき、気づいたことがあれば、それを確かめるための名前を作って実験する」

白野さんは僕に見せてくれていたスマホを自分の方へ引っこめ、作業を開始した。アプリの仕組みなんて途方もないような感じがして、暴こうとする人自体、滅多にいないだろう。しかし彼女ならこんな安っぽいアプリの構造くらい、いずれ解析してしまう気がする。

一方、そんな冴えた頭脳を持ち合わせていない僕は、彼女に従いついていくしかない。何もない屋上では手持ち無沙汰で、僕は訊ねた。

「僕は何をすればいい？」

「そうね。じゃあ、上河くんは情報収集をしておいて。自分のスマホでネットを使って」

「情報収集？　『恋の泉』について？」

「いえ。現代の若者の間の、恋愛に関する流行について」

「恋愛に関する流行……」

僕が繰り返すと、白野さんは苦々しい表情で顔を上げた。

「我ながら不覚だったわ。恋愛解決部なんてつくっておきながら、『恋の泉』について知らなかったのは。それでね、昨日調べてみたら他にも流行りはいろいろあるみたいなの。例えば、チャットアプリのＩＤの中に恋人のイニシャルを含めるカップルＩＤ、みたいな」

「ああ、なるほど。そういうのを探して、報告すればいいわけね？」

「ええ。あなたも『恋の泉』については知らなかったわけだから、これからはしっかりアンテナを張って、毎日ＳＮＳなんかで流行りや噂をチェックしておきなさい」

「え、毎日？」

またやっかいな、と思っていると、白野さんが剣呑な目つきで睨んでくる。

「当たり前でしょう？　あなたも恋解部の一員なのよ。プロ意識を持つように」

僕はいったいなんのプロなのだろう。

＊

午後六時になると、僕らは屋上から運動場へ移動した。今日も部活を終えるサッカー部を待ち伏せし、豊北のことを探るつもりだったのだ。しかし運動場に着いてみると、サッカー部はすでに練習を終えたのか、その姿はどこにも見当たらなかった。

「部室の方に行ってみましょう」

そう言って、白野さんは足早に歩いていく。運動場から離れ、昨日僕が隠れ場所に利用した掃除用具収納庫の前を通りすぎた。部活に入っていない僕は、あまりこちらの方まできたことがない。プールの入口の前に差しかかると、その先に二階建てのアパートのような造りの、運動部の部室棟が見えてくる。

そのときだ。突如、白野さんが振り返った。僕の腕を掴み、強く引っ張ってくる。

「おわっ」

いきなりのことで、僕は体勢を崩しかけてしまう。なんとか転倒は免れたが、そのままプールの入口の階段の陰に引っ張りこまれ、しゃがまされた。

「ど、どうしたの?」

一緒にしゃがんだ白野さんに、僕は訊ねる。彼女とこんなに接近したのは初めてだ。緊急事態だとはわかるが、かなりドキドキしてしまう。

「ターゲットがいたわ」

白野さんはじっと前方を見据えながら、潜めた声でそう言った。

ターゲット? 階段の陰から覗いてみると、部室棟から校門の方向へ歩いていく豊北の姿が見えた。そして僕は、思わず目を見開く。

豊北は一人の女子と連れ立って歩いていた。金髪のロングヘアで、すらっと背の高い女子だ。達町千華ではない。

「少し観察したいわ」と、白野さんが言う。

なるほど。このまま二人の様子を見るために、豊北に見つからないよう咄嗟に身を隠したということか。

すぐそばに白野さんの体温を感じる距離だ。必要に迫られた、仕方ない場面だからだろう、白野さんは僕がこんなに近くにいることに何も言わない。

豊北たちの姿が体育館の角に入って見えなくなると、白野さんはそろそろと階段の陰から出て、二人の後をつけ始めた。僕も追いかける。

「あの女の子、知っているわ。戸《と》澤《ざわ》友音さん。昨日、達町さんが話していた、サッカー部のマネージャーよ」と、白野さんが大きな瞳でターゲットを捉え続けながら言う。

「あー、部活終わりによく遊んでる、みたいな話してたね」

「ええ。……豊北くんはああいう女子がタイプなのかしら」

「達町と同じ、ギャルっぽい感じだな。声もちょっと似てるし、髪の色も近い」

話し声が大きく、誰かの愚痴を言うのがこちらまで届いていた。笑う際は手を叩いてオーバーなリアクションを取っている。全体的に醸し出されている雰囲気が達町と似ていた。

豊北たちは校門を出て、駅前の方角へ足を向けた。僕と白野さんは距離を置きながら尾行を続ける。豊北と戸澤は楽しそうに談笑し、時折肩をぶつけ合ったりしながら歩いている。まるで仲睦まじいカップルだ。

大通りに出た際、豊北たちが点滅中の横断歩道へ駆けこんでいった。見失う、と思ったが、彼らは通りを渡った先にあるファーストフード店に入っていった。

「セーフね」

赤信号で止まりながら、白野さんがほっと肩を下ろす。

「やー、尾行って難しいね」

身体から自然と力が抜ける感覚に、知らずのうちに緊張していたのがわかった。

「あら。変態はこういうの慣れていそうだけど」

「僕ストーカーなんてしたことないよ！」

信号が変わり僕らは横断歩道を渡る。ファーストフード店に近づくと、窓の外から店内を窺い、豊北たちがカウンターで注文をするところなのを確認する。二人が商品を受け取り席へ向かうと、僕らも店に入った。

僕はハンバーガーとポテトとジンジャーエール。白野さんはアップルパイとストロベリーシェイクを注文し、それらが載ったトレイを受け取って席へ向かう。

「奥の席に座る二人を観察できてかつ、バレない位置……」

そう呟きながら、白野さんは三方向を低い壁に囲まれたボックス席を選んだ。壁の上に置かれている造花の隙間から、豊北たちが見える席だ。白野さんは席に着くと、シェイクのストローを咥えながら首を伸ばし、さっそく監視を始めた。

「上河くん、あなたはどう思う？」

「どうって？」

「彼女がいるのにあの態度、よろしくないと思わない？」

「まぁ、それは思うけど……」

首を伸ばすだけでは足りず、腰を浮かせて観察を続ける白野さんを眺めながら、僕はハンバーガーを齧る。すると、白野さんがこちらを振り向いた。

「何よ。その微妙な返事は」

「や、確かに豊北はダメだと思うけど。僕らはこれからどうするのかなと思って」

僕がそう言うと、白野さんは観察を一時中断してソファに座り直した。

「ターゲットはジュースを飲んでいるわ。よって、能力を使うのは簡単。関連する話題を振って、よろめいたフリでもしてストローに触れるだけでいいのだけど……」

なるほど、そういう作戦があるか。僕が白野さんの手に持つシェイクのストローを見ながら考えていると、「変態の視線を感じる」と、白野さんがシェイクを僕から遠ざけた。

「何もしないよ！　……それで、僕が行ってくればいいの？」

と言っても豊北とは初対面、若干気まずいなと思っていると白野さんが首を左右に振る。

「いえ、私が行くわ。昨日の接触で変に勘違いをさせた可能性があるなら、きっぱり態度で示しておかないと」

勘違いとは、昨日ヤクルトを渡し、気があると思わせてしまったかもしれないことだろう。いったい白野さんは何を言うつもりなのか。

「とにかく、達町さんに対する本音を引き出してくるから。あなたも聞けるようにスマホの通話を繋げておくわ。二人のうちどちらかがトイレにでも立ったら作戦開始よ」

僕らはそのときがくるのを食事しながら待った。腰を浮かせてちらちら造花の葉の隙間を覗く僕らは、他の客からはかなり不審げな目で見られていた。けれどそんなことを気にする様子もなく、アップルパイを齧って頬を膨らませながら熱心な眼差しでチャンスを窺う白野さん。僕は彼女の横顔を、こそっと盗み見ていた。

やはり恋愛に関することになると、彼女はとことん本気で取り組む。こうして僕が顔を見ていても、さっきシェイクのストローへ視線を向けたときと違って全然気づかれない。目標に向かってはひたむきなのだ。

そのとき、白野さんの唇が「あっ」と小さく動いた。

僕が豊北たちの方へ視線を戻すと、戸澤が一人でソファから立ち上がっていた。手には財布を持っている。

「追加で何か買うつもりかしら」

白野さんはソファに腰を下ろしながら、ちらっとカウンターの方を見る。

「丁度レジが混んでいるわ。チャンスね」

「行ってくるの?」

「ええ。上河くん、あなたの方から私に電話をかけて。それから、これ、もらうわね」

白野さんは僕のトレイの上から、飲みかけのジンジャーエールのコップを手に取った。

「どうするの?」

「すぐにわかるわよ。私が指に唾液をつける方法を使うと、あなたに指を舐められることになってしまうからね」

戸澤が一人でカウンターへ向かうのを確認して、白野さんは立ち上がった。僕が電話をかけると、白野さんは通話を繋げてスマホをブレザーのポケットに入れる。自分のシェイクのストローを紙ナプキンで丁寧に拭いてから、白野さんは席を離れていった。隙がない。

僕は自分のスマホを耳に当てた。息をひそめていると、受話口から声が聞こえてくる。

『うおっ、びっくりした。誰かと思ったら白野ちゃんじゃん！　何してるの？　一人？』

席に近づいた白野さんに、豊北が気づいたようだ。僕は会話以外のやり取りも見ようと、造花の間から目を凝らす。

『さっき一緒にいた女の子は何？』

『えっ？　あー、友音？　うちの部のマネージャーでさ、部活終わりに一緒に帰ることになって――いや、たまたま向こうから誘われてね？』

『別に、私にそんな言い訳しなくていいわ。私、チャラチャラした男に興味ないし』

『お、俺のこと？　チャラチャラなんてしてないよー』

白野さんの冷たい口調に、豊北は戸惑うように笑いながら言う。テーブルからコップを取ってストローに口をつけた。そのチャンスを、白野さんは見逃さない。

『あなた、同じ五組の達町さんとつき合っているそうね』

豊北はばっとストローから口を離した。

『あ、ああ。え、誰から聞いたの？』

『誰でもいいでしょう。あなたたちはつき合っている。けれど、あなたは彼女をほったらかしにして他の女の子と遊んでいる。そして達町さんから別れ話をされた。そうよね？』

『そ、それは……白野ちゃんには関係ないだろ』

白野さんに責められ、豊北はたじたじと言う。喉が渇くのか、またストローを口に運ぶ。

『達町さんのこと、実際のところどう思っているのよ？』

『……まぁ、むこうが別れたいって言うなら仕方ないと思うけど。つか、なんなんだよ』

『いいえ、少し訊いてみただけよ。ところであなた、それ、何を飲んでいるの？』

『へ？　これ？　コーラだけど』

『へぇ。それ、丁度飲みたかったの。私のと交換しましょう』

そう言ったかと思えば、白野さんは手を伸ばして豊北の手からコーラのコップを奪った。

『えっ？』

呆気にとられる豊北。白野さんは代わりに、彼にジンジャーエールのコップを渡す。

『それじゃあ。あ、勘違いしないでね。それ、わたしと一緒にきている男の子が飲んでいたコップだから』

最後にそう言い置き、白野さんは席を離れた。豊北はコップを片手に呆然としている。

僕が振り返って確認すると、戸澤は丁度カウンターで商品を受け取っているところだった。

「はい、これ」

僕が通話を切っていると、戻ってきた白野さんがコーラの入ったコップを渡してくる。

ストローについた唾液に能力を使えということだろう。そのあっさりとした手際のよさに、僕まで呆気に取られそうになる。

しかし、ぼーっとしているわけにはいかない。

豊北とは二回目の間接キスか……。そんなことを思いつつ、僕はストローの先に舌をやる。

『嫌いじゃないけど、別れるのは仕方ねぇよ……』

白野さんが達町について訊いたとき、豊北はむこうが別れたいと言うなら仕方ないと返していた。心の声も同じような内容である。豊北は正直に心情を口にしていたようだ。

僕はそれを白野さんに伝えた。

「ふーん、そう……。ねぇ上河くん、あなたが能力で相手の心の声を読み取るとき、どんなふうに頭に入ってくるの？　相手の声が脳内で再生されるような感じかしら」

「まさにそうだよ。脳内に直接、語りかけられてるみたいな感じ」

「それって、相手の声音も違って聞こえるの？　豊北くんの声は、残念そうに聞こえた？」

「若干、声の調子も違って聞こえるよ。弾んでいたり、低いトーンだったり。その声の調子から、相手の表情も思い浮かぶけど……それは僕のイメージや先入観からの勝手な想像になるね。豊北の声は特に変わりなく、淡々としてた」

僕の説明を頷きながら聞き終え、白野さんは腕を組んだ。

「わかったわ。これが、豊北くんの達町さんへの気持ちなのね……」

＊

『日曜日を使って「恋の泉」の仕組みを解き明かしてくる』土曜日の別れ際、白野さんはそう言った。『次の部活は月曜日の朝。雨ならまた連絡する』

月曜日の朝は快晴だった。屋上で白野さんに会うと、僕は真っ先にこう訊ねた。

「おはよう。『恋の泉』は解析できた？」

ちなみに休みの間、僕も自分でダウンロードして、誕生日まで知っている友達の名前をいくつか入れて試してみた。が、その仕組みに迫るような発見は一つもなかった。

白野さんの表情は浮かなかった。やり場がなさそうに視線を僕から外す。

「わからないわ」白野さんにしては珍しい、自信をなくしたような希薄な声だ。

「そっか……」

アプリの仕組みを解き明かすなんて、いくら白野さんでも無理な話だったのだろうか。

「わからなかった……。いえ、わかった。わかったはずなのよ」

しかし白野さんは顔を上げて、先程の言葉を打ち消すように懸命に僕に言ってきた。

どういうことだろう。僕が首を捻っていると、白野さんは続ける。

「仕組みは解けたはずなの。誰かの名前と誕生日を言ってみて。相性度、当ててみせるわ」

「ほんと？　じゃあ、僕が昨日試して覚えてるやつで……両親の名前を」

僕は白野さんに両親の名前と誕生日を教えた。父、上河想平《うえかわそうへい》、母、上河真理《うえかわまり》。誕生日は七月一九日と一月二七日。

「一〇〇%でしょう」一秒とかからず、白野さんが答えた。

「……正解」

本当に当ててしまった。『恋の泉』に入力することなく、頭の中で。

「どうやって？　なんで最初わからないなんて言ったの？」と僕は夢中になって訊ねる。

「仕組みはこれで合っているはず。何パターンも試したから間違いないと思う。けれど、一つだけわからないことがあって」

「わからないこと？」

「私のこの方法で数値を出すと、どうしても〇%にはならないの、達町さんと豊北くんの相性度。誕生日を考えなくても、それだけは確実に言える。名前の時点で確実に、二人は〇%ではないわ」

「〇%にならない……。じゃあ、達町さんの勘違いってこと？」

「私もそう思ったけれど。でも、自分と彼氏の相性度が〇%だったら、一回はやり直してみると思わない？　入力間違いしないように気をつけながら」

「なるほど。むこうもしっかり確認してやってるだろうってことか」

「ええ。だから、まだ確実に解けたとは言えなくて……。謎なのよ」

白野さんは顎を指で挟む。

「でもまぁ、勘違いの線も捨てきれないし……。今日の放課後にでも達町さんと話して、もう一度試してもらうわ」

「そっか……。ところで、『恋の泉』の仕組みってどんななんだ?」

「それは、はっきりと間違いないと言えるようになるまでは秘密よ」

「えー。教えてくれてもいいじゃん」

ここまでくると気になってしまう。どうやって彼女は僕の両親の相性度を当てたのか。

「じゃあ、一つヒント。ほとんどの夫婦は、相性度が高くなるわ」

「結婚してると、相性度が高いってこと?」

「そう。あなたも考えてみなさい」

そう言って、白野さんは僕を試すようにくすりと笑った。

＊

豊北の次は、達町の本心を探ろう。朝の作戦会議で、白野さんがそう言った。

『あなたもチャンスを見つけてどんどん探りに行ってね。あなたの能力なんだから、自分で使わないと意味がないでしょう』

いつものように、こんな使えない能力——と、自分の中で否定しようとした。しかし、なんだかそこまで否定的な気分にはならなかった。

意外な感覚に、僕は驚く。どうしてだろうと考える。

汎用性の低いこんな能力でも、工夫次第でいろいろな場面で活用できる。きっと、どこかの頭のキレる女の子によって、実際にそれを体感させられたせいだろう。

ただ、どうしてそこまで策を凝らしてまで能力を使わなければならないのか、とも感じる。もっと便利な能力であれば、ここまで頭を使う必要もないのに。そもそも、工夫するのに必要な知恵が僕にあるのだろうか。

『頼んだわよ、上河くん』と、白野さんに見つめながら言われた。

今回の場合、能力を使わなければならない理由がある。だからとりあえず、僕は一人で調査に出てみることにした。

午前中の休み時間は、達町を観察しに五組へ通った。達町は戸澤と本当に仲がいいらしく、派手な女子が集まるグループでいつも一緒に行動していた。一方、豊北とは一度も話しているのを見なかった。豊北はリア充っぽいチャラチャラした男子たちとつるみ、休み時間は毎回バカ騒ぎしていた。

昼休みは弁当を食べてから、また五組を覗きにいった。すると、五組の生徒が着替えのために移動している場面に遭遇した。どうやら五時間目が体育のようだ。鯉園高校では体育は隣のクラスと合同で行われ、着替えはその二教室を使って男女別れてすることになっている。五組の場合、女子はそのまま残り、男子は一緒に授業を受ける六組に移って着替えをするらしい。ちなみに六組の女子は五組に移動して着替えることになる。

僕は廊下から、天井付近にある小窓に注目した。鍵の開いている窓がある。

使えるな、と思った。

特に作戦は練っていない。だが、有益な情報が得られないとしても、とにかく一度、一人で能力を使ってみようと思っていた。

五時間目の国語の授業中、僕は調子が悪いから保健室に行くと言って教室を出た。もちろん実際に向かったのは、保健室ではなく無人の五組の教室である。

バレたら終わりだ。左右の廊下、窓の向こうの北校舎、僕は何度も周囲を見回して、誰の視線もないことを確認する。つい最近、僕は一度見つかって、人生が終わりかけた。もう同じようなミスは繰り返さないよう、誰にも変態なんて呼ばれないよう、細心の注意を払いつつ僕は素早く窓をよじ登って小窓から教室に入った。

脱いで畳まれたたくさんの制服に気を取られつつも、こんなところで本物の変態になるつもりはない。僕は真っ直ぐ達町の席へ向かう。彼女の鞄は机の上に置かれていた。その上に載せられた制服をどけると、さっそくミネラルウォーターのペットボトルを見つける。キャップを外し、辺りをきょろきょろ見回してから、キラキラと光る白い飲み口を見た。

一度こくっと唾を飲み、それからそっと舌をつける。


『いいなぁ、まゆ子はラブラブでー』


恋バナでもしていたのだろうな。純粋に友達を羨む彼女の気持ちが伝わってきた。しかしこれは、特に意味のある情報ではない。ほしい情報を引き出すための細工をしたわけでもないので仕方がないが。

なんだか僕は少し気が逸るような、地に足がついていないような気分になっていた。一人で秘密の捜査をしている感覚に酔っていたのかもしれない。

僕は続けて達町の鞄を漁る。他人が触った形跡を残さぬよう、慎重に。鞄の中にはノートが一冊、筆箱、それから化粧道具を入れているらしいポシェットがあった。その下から、僕がこの侵入で期待していたもう一つのブツが見つかる。弁当箱だ。

花柄の巾着の膨らみ方から、小さめの弁当箱の上に箸箱が載せられているのがわかる。

僕はそっと巾着を開き、水色の箸箱を取り出した。蓋を開け、現れた箸の先を眺める。

いつもより速い胸の拍動を感じながら、僕は舌先を伸ばして箸に触れた。


『もう別れるんだから、浮気じゃないよね――』


「え……」

よく意味がわからなかった。彼女の声が脳内を回り続け、僕は激しい胸騒ぎを覚える。

……浮気?

僕の単独行動により、調査三日目にして、今回の案件最大の問題が発覚したようだった。

＊

「事実なの? 間違いはないの? そのお弁当箱は本当に達町さんのものだった?」

「うん、本当、間違いない。一緒に鞄に入ってたノートに達町千華って書いてあったし」

五組に侵入したあと、僕は自分の教室には戻らずに保健室で時間を潰し、能力で知った内容を白野さんにメッセージで伝えた。そして放課後、僕らはさっそく屋上に集まった。

「もう別れるんだから、浮気じゃない……。達町さんは豊北くんの他に好きな人がいるのかしら。それで、恋愛鑑定アプリの結果まで持ち出して別れ話をした……」

「そういうことだと僕は思ったけど」

「そんなふうには見えなかったけれどね。あの子、素直そうだし、『恋の泉』の結果だって普通に信じているみたいだった」

「それは確かに……」

だが、あの言葉が何か別の意味を持つとも思えない。

そう、僕が俯き加減で考えていると、白野さんが言う。

「それはそうと、あなた、達町さんの荷物を漁って唾液を舐めたのね……」

見れば、白野さんは僕にじとっとした冷たい目を向けている。

「そ、そうだけど……何？」

「ん？　やー、やっぱり気持ち悪いと改めて思ってね。ほんとに手をつけたのは唾液だけ？　体育なら脱いだ制服も置いてあったりしたんでしょ？　『あなたもチャンスがあれば――』とは言ったけれど、上河くんみたいな変態、何をするかわからないのに野放しにしてはダメよね。飼い主として」

「な、なんにもしないよ！　ほんとに唾液に能力を使っただけだから！」

僕は必死に訴える。リコーダーのとき以来変態的な行為はしていないはずなのに、いつになったら信用してもらえるようになるのか。

白野さんはまだ疑い深そうな目で僕を見ていたが、やがて軽くため息をついて視線を逸らした。それから階段室の方へと身体を向ける。

「とにかく、これはあなたの能力で得た情報、決して見逃すわけにはいかない。今から彼女に直接、探りを入れに行きましょう」


達町が茶道部に所属していることは、白野さんが調べていた。茶道というとはんなりおしとやかなイメージがあるが、鯉園高校の茶道部にはどうしてか派手めな女子が多い。特に何かを競うわけでもなく緩く活動している点や、ずっと室内で汗をかかなくてすむ点などが、彼女たちに人気な理由だ。しかし噂によると、彼女たちは和室の部室を根城に、お茶とお菓子で毎日女子会を開いているとか。

茶道部の部室は裏庭へ行く途中にある、剣道場や柔道場と軒を連ねた平屋の一室だ。僕と白野さんは達町を訪ねてそこへ向かう。その道すがらのことだった。

「あれ、豊北じゃないか?」

裏庭に繋がる道に出た際、遠くに見えるサッカー部のユニフォームに僕は気づいた。あの見覚えのある長い襟足、豊北で間違いない。

「本当ね。どこへ行くつもりかしら。と言っても、こっちには……」

白野さんも目を細めながら言う。こちらには茶道部の部室以外、豊北にとって用がありそうな場所はない。校内を回る運動部のランニングコースからも、この道は外れている。

「上河くん、こっち」

白野さんに潜めた声で呼ばれ、僕は彼女と共に道沿いに続く低い生け垣の裏に入った。白野さんとの距離が近いが、今は何も言われない。かがみながら進み、豊北の後を追う。

案の定、豊北は茶道部部室の前で足を止めた。中を覗き、何やら声をかけている。僕らも生け垣に隠れて茶道部の入口がよく見える位置に移動した。部室から達町が出てくる。

「……瓢ちゃん。どうしたの？ 珍しいじゃん、そっちから話なんて」

達町はあまり豊北と目を合わせないまま部室の前から離れ、生け垣の方へやってくる。豊北が達町の後に続き、二人は丁度僕らの隠れる場所の前で、およそ他人のような距離感で向かい合った。豊北が口を開く。

「千華、やっぱ俺たち、このままつき合っていかね？」

僕ははっと息を呑んだ。白野さんが口元で人さし指を立てて僕を見る。

「ど、どうしてよ。この前、うちが別れようって言っても興味ないような顔してたくせに」

達町は当惑したような声音だった。

状況の把握が追いつかない。豊北についてさまざまな不満を抱え別れ話を切り出した達町。豊北の方は執着せずに別れるのも仕方ないと受け入れていたはずだ。これは能力で確認したことなので間違いなかったはずだが、今、豊北は達町に関係の継続を迫っている。

それに、達町が豊北にした別れ話の裏には、単なる不満だけではなく、別の恋が潜んでいるかもしれなくて……。

「千華さ、言ってたよな？ うちら相性最悪だからって。『恋の泉』が〇％だったから別れようって。俺もさ、試してみたんだ。『恋の泉』。そしたらさ、三〇％に増えてたぞ」

えっ、と僕は声を漏らしそうになった。

それはつまり、『恋の泉』の結果が変わったと言っているのだろうか。

豊北はポケットからスマホを出して素早く操作する。そして、画面を達町に突きつける。

「二人の名前だろ？　これで結果を表示させたら……」

「……ほんとだ。三〇」

「な？　『恋の泉』は湧き上がるんだよ。俺が千華のことといっぱい考えたから、相性度が上がったんだ。これからもっと想い合っていけば、どんどん増えていくんじゃね？」

果たしてそんなことがあるのだろうか。『恋の泉』の結果には規則性があると白野さんが言っていた。同じ情報を入力して結果が変わることはないはずだ。しかし今朝、白野さんはこうも言っていた。元々、達町たちの相性度は〇％にならないはずだ、と。

「そっか……。相性度は増えるんだ」達町は豊北の言葉に感じ入るように瞼を落とした。

「この結果をすぐにでも知らせたくてさ、こんな部活中にきちゃった。もう〇％じゃないし、これからきっと増えてく。だからさ、俺たちもう一回仲よくやってみないか？」

『恋の泉』は湧き上がる。これからもっと。いや、三〇％だって〇％と比べたら十分いい数字である。一〇％の僕と白野さんよりも、よっぽど。

「……まぁ、瓢ちゃんがそこまで言うなら、いいけど」

二人はきょろきょろ辺りを見回してから、軽いハグをした。ハッピーエンドのような空気が流れている。

だけど待てよ、と僕は思う。達町は浮気していたんじゃなかったのか？　僕はわけがわからず白野さんを見る。

白野さんは僕の視線に気づき、首を横に振ってきた。小声で言う。

「状況を整理したいわ。一旦出直しましょう」


「達町さん、嬉しそうに見えたわ」

中庭に入ったところで足を止めて、白野さんが言った。

「ああ。なんだかんだ、豊北と元に戻りたかったのか？　でも……」

「わかっているわ。浮気の件を言いたいのでしょう？　でも、あのタイミングで達町さんの前に出ていき、浮気疑惑をかけるような質問はできなかったわ」

白野さんは地面を睨みつつ、腕を組んだ。

「不思議なのは豊北の心変わりもだよ。能力を使って思考を読んだのに、今回はそれが全部外れていってる」

言いながら、僕は次第に項垂れる。何が能力だ。それを活かそうと動いてみても、結局問題の解決には繋がらず、謎が増えただけではないか。どんどん頭が混乱してくる。

「上河くんの能力は絶対に正しいのよね？」と、白野さんが訊いてくる。

「それは、そのはずだけど……」

「なら、今回こうして食い違いが起こっているのにも、全て理由があるはず。考えれば絶対に解けるわ」

その声はとても心強く聞こえた。白野さんは、能力のことを信じてくれている。僕が頭を上げると、白野さんはふっと不敵に笑った。

「あなたも頭を使って考えてみなさい。あの二人の、本当の関係。裏にどんな秘密が隠れているのか。能力を使うのも有用な策だけれど、最後に答えを出すのは頭よ」

「……わかった。あと、あの恋愛鑑定アプリに関してもだよね。豊北は『恋の泉』が湧き上がったなんて言ってたけど」

まったく、わからないことだらけだ。

しかし、それでも考えないと、と、僕が思っていると、

「いえ、あれは湧き上がったのではないわ」と、白野さんがはっきりと否定の言葉を述べた。

「えっ、どういうこと？」

「私、元々あの二人のアプリでの相性度は、三〇％ではないかと予想していたのよ。そして、やっぱりそれが正しかった」

「じゃあ、〇％は達町の勘違いだったってこと？」

「いえ。前も言ったけれど、達町さん自身、間違えないように見直しているはずだし

……」

白野さんは顎に手をやりながら、再び考えこむ。

「とりあえず屋上に戻る？」

「いえ。もし何かわかったり、考えがまとまったりしたら、すぐに達町さんのところへ行

こうと思うから。でもまぁ、あちらのベンチまでは移動しましょうか」

「あ、じゃあ僕、飲み物買ってきていい？　白野さんも何かいるなら聞くけど」

「そうね。少々頭を使いそうだから、糖分が多く入ったもの」

それなら、白野さんにはおしるこでいいだろう。

わかった、と頷いて、僕は南校舎の脇にある購買へ向かって歩きだした。

＊

「こんにちは。あれっ、もうこんばんはかな。恋愛解決部の男の子。こんな時間まで何してるの？」

そう声をかけられたのは、僕が購買でお金を払い、商品を受け取っていたときだった。

振り返ると、良枝先輩が手を上げながら立っている。隣には小百合先輩の姿もあった。

「こんばんは。一応、恋解部の活動ですけど。先輩たちは？」

「先輩たちはね、小百合ちゃんがわたしの勉強を見てくれてたの」

「ほっとくと受験どころか卒業が心配だからね」

呆れたふうに苦笑しながら、小百合先輩が口を挟む。

「ごめんね。小百合ちゃんも受験あるのに、私の勉強につき合わせちゃって」

「いいのよ。勉強を教えるのは自分の復習にもなるし」

そういえば、良枝先輩と森先生の補習はどうなったのだろう、と僕は思った。わからないが、小百合先輩がそばにいてくれれば心配はなさそうだ。

「それより、あなたたちは？　今はどんな悩みを解決しようとしてるの？」

今度は僕に、小百合先輩が訊いてきた。

「そうですね。ちょっとした、恋の問題なんですけど……。その、『恋の泉』って知ってますか？　恋愛アプリの。その結果が低かったーみたいな、そんな悩みです」

僕は差し障りないような部分だけ切り取って話す。

「相性度が出るやつだ。流行ってるよね、わたしもダウンロードしてるよ」と、良枝先輩。

「良枝、誰かの名前でやってみたりしたの？」と、小百合先輩も言う。

「うーん、しようと思ったんだけどね、女の子の友達とかで。でも、わたし誕生日知ってる人少なくてさ」

「あら。あのアプリ、誕生日を入れなくても結果は出るらしいわよ」

「えっ」僕は驚きの声を発した。「そうなんですか？」

小百合先輩は不思議そうな顔をしながら頷いた。

「ええ。噂で聞いただけなんだけど。どうしてそんなに驚くの？」

「あ、いや。全部の情報が揃ってないと、結果が出ないものだと思ってたんで」

誕生日が必要ないなら、達町と豊北の相性度を鑑定できるではないか。しかも白野さんはこうも言っていた。誕生日を考慮せずとも、二人の名前の時点で相性度が〇％なのはあり得ない、と。つまり、名前だけで鑑定して結果を見れば、〇％が本当に達町の勘違いだったかどうかは確認できる。

「ありがとうございます。僕、そろそろ戻ります」

先輩方に礼をして僕は歩きだした。飲み物の入った袋を手首にかけ、ポケットから出したスマホを操作する。『恋の泉』に達町と豊北の名前、よみがな、ローマ字を入力した。

数秒の読みこみ時間のあと、結果が表示される。

『二人の相性度は——〇%　お幸せに！』

思い違いしていたのは、僕らの方だった。達町は勘違いなどしていなかった。

『恋の泉』は本当に湧き上がったのだろうか。さらに謎が深まった。


その鑑定結果に対する僕と白野さんの捉え方は、全く違っていた。

「本当に〇%⁉　よくやったわ上河くん！　いったいどうやって〇%を出したの⁉」

また謎が深まったと沈んだ気分で報告する僕に、白野さんが勢いよく飛びついてきたのだ。こうして何かに夢中になっているときは、白野さんは抵抗なく僕に近寄ってくれる。

「え、えと、普通に名前を入れただけだよ。誕生日がなくても鑑定結果は出るって聞いて、試してみて。だから、誕生日を入れた場合と入れなかった場合で結果が変わるのかもって」

僕の話を聞いた白野さんはスマホで『恋の泉』を開く。指を走らせ、文字を入力した。

「違うわね。名前だけ入力しても、ほら」

白野さんが試した『恋の泉』には、三〇%と結果が表示されていた。

「え、じゃあ……」

「上河くんもやってみて。それで、あなたが入力するところを見せて」

そう言われ、僕は自分のスマホでさっきやった鑑定をもう一度試す。その様子を、白野さんが横から覗きこんでくる。そして、「あっ」と大きく声を上げた。

「そうか、そういうことだったのね！　なんでこんな簡単なことに……」

「な、何かわかったの？」訊きながら、僕は鑑定結果を出す。〇%。

「わかったわ！　このアプリの仕組み、〇%になっていた謎、やっぱり私は間違っていなかった！　今から達町さんのところへ行って、この種明かしをネタに揺さぶりをかけるわ」

白野さんは髪を翻して回れ右し、急ぎ足で歩き始める。

「ま、待ってよ！　どういうこと？　僕にも教えてよ！」

彼女の後を追いながら、僕は訊ねた。アプリの仕組みについて、その推理がはっきり間違いないと言えるようになれば、教えてくれると話していた。

振り返ることなく、白野さんは言う。

「『恋の泉』はね、入力内容の文字被りの数で相性度を決めているの――」


「あー、あんたたち、まだなんかやってたの？」

呼び出しに応じて茶道部部室から出てきた達町は、僕らの顔を見てそう口にした。

「うち、瓢ちゃんともっかいちゃんとつき合うことにしたからさ。もう調査とかいいから」

「相性度〇%なのに、つき合うことにしたの？」

「あーそれ、三〇%に増えてね。あのアプリやっぱ本物だよ、二人の愛で結果が――」

白野さんが開いた手を突き出して、達町の言葉を制した。

「今日はあなたに、恋愛鑑定アプリなんて信じるバカらしさを教えてあげにきたの」

「……バカらしさ？」達町が剣呑に眉を顰め、低い声で反応する。

「ええ。まずね、このアプリの結果は同じ名前で試した場合、絶対に変わったりしない。二人の愛が深まったから相性度が上がるなんてこと、あり得ないの」

「でもさっき、瓢ちゃんが……。本当に三〇％になってたし」

「そのあとあなたは自分で試してみた？　まだなら一度、やってみなさい」

達町は訝しげな目を白野さんに向けながら、ブレザーの内ポケットからスマホを取り出した。カーディガンの袖からちょこんと出た指で、長い横髪を耳にかけてから、『恋の泉』に自分と彼氏の名前を入力していく。果たせるかな、その結果は〇％と表示されていた。

「え、なんで⁉　でも、瓢ちゃんがやったときは確かに増えてて。うち、ちゃんと見たし」

そのシーンは僕らも見ていた。でもいったい、なぜこんなことが起きているのか。僕もまだ理由がわからず、続きを促すように白野さんを見る。

「見たって、入力するところまでしっかり見ていた？」と、白野さんは達町に訊き返す。

「入力？　や、そこまでは……」思い返すようにしながら、達町は言う。

「そうでしょうね。見ていたらきっと、気づいたはずだから」

白野さんは僕と達町の視線を引きつけるように一歩進み出て、ぴっと人さし指を立てた。

「いい？　『恋の泉』の相性度はね、入力された二人の文字被りの数×一〇％という単純な式で算出されているの。漢字でも、ひらがなでも、誕生日の数字でも、同じ文字があれば一。一〇個以上の被りは、全て一〇〇％となるわ。無駄にローマ字での入力をさせるところから、できるだけ文字被りが発生するようにしようという作者の意図が透けて見える。どう？　チープでしょう？」

白野さんは僕らの顔を見回す。

文字被りの数×一〇――。想像もつかないように思えていたアプリ内部の仕組みが、こんなにシンプルなものだったとは。指折り文字被りを数えてみれば、僕の両親の相性度一〇〇％も、白野さんとの結果の一〇％も、その式で導き出せた。

ほとんどの夫婦は相性度が高い。そんな白野さんがくれたヒントを思い出す。なるほど、結婚すれば苗字が同じになり、必然的に文字被りが増える。てっきり結婚で愛が深まれば――なんて達町みたいな思考をしそうになったが、そういう意味だったのか。

「まぁその、作者が都合でつけ足しただろうローマ字入力の部分が、今回は落とし穴になったのだけど」と、白野さんが呟くように言う。

「落とし穴？　それより、まだ〇％が三〇％に変わった理由がわかんないじゃん」

達町は残っていた疑問を白野さんにぶつけた。

「実際にやって見せた方が早いわね。貸してもらえる？」

白野さんは手を出して、達町から『恋の泉』が開かれたスマホを受け取った。僕も達町と一緒に白野さんのそばに寄り、画面を覗きこむ。

白野さんは「いい？」と言ってスマホを操作する。名前、ふりがな、そしてさっき達町が入力するところを見て知ったのだろう誕生日の欄を埋めた。誕生日に数字被りはない。

「問題はここからよ」

白野さんが達町の名前をローマ字で入力していく。僕は「あっ」と声を上げた。明らかに、自分と入力方法の違う箇所があったからだ。

「『ち』って、『ti』じゃないの？」と、達町が言う。

その通りだ。僕も「ち」は「ti」と入力した。

しかし今、白野さんは「chi」と入力している。

「訓令式とヘボン式の違いね。『ti』が訓令式で、『chi』がヘボン式。訓令式は日本で標準とされているローマ字表記で、ローマ字表ではこちらしか載っていない場合も多いわ。ただ、駅名やスポーツ選手の名前、パスポートなどにヘボン式表記が使われているため、こちらの方を目にすることが多いの。どちらを選んで使うかは自由だけれど、今回はそれが謎を生んでいたみたいね」

白野さんは「Tachimachi Chika」と達町の名前を入れたあと、次に豊北の名前に取りかかる。「Houhoku Hyogo」。

「わかった？　これが豊北くんの入力方法よ。ちなみに『恋の泉』では、同じ文字の大文字と小文字でも被りだとみなされるみたい。名前の頭文字も小文字で入力してしまう人がいて、結果が変わってしまうことへの配慮かしら。とにかく、これで結果が三〇％になる」

達町の名前の「ち」を「ti」ではなく「chi」で入力したことにより、豊北の名前の三つの「h」が文字被りとなる。ここで相性度が上がっていたのだ。

「以上が『恋の泉』の構造、それと相性度が増えた理由の種明かしになるわ」

言って、白野さんは達町に視線を向けた。スマホを返す。

「そんな仕組み、だったんだ」達町は受け取ったスマホの画面を見ながらぽつっと呟いた。

「ええ、そんな仕組みなのよ。こんな単純なプログラムによって出た結果に、みんな一喜一憂しているの。バカらしいと思わない？」白野さんは息を継ぎ、続ける。「だから、こんなアプリに振り回されて別れるとかつき合うとかはやめてほしいの。もっと自分の真心を尊重して。……達町さんは、豊北くんのことが本当に好きなの？」

しばし呆然としていた達町だが、やがて何やら考えこむように視線を落とす。しばらく間を置いてから、ゆっくりと白野さんを見た。

「うち、瓢ちゃんのこと好きだよ。相性度の話は置いといて、うちの名前で『恋の泉』を試してくれただけで嬉しいし。そりゃまぁ、やなとこはいっぱいあるし、本気で別れようか悩んでたけど、ちゃんとつき合っていきたいって言ってくれたし」

両手で持ったスマホを胸に抱きつつ、達町は彼のことを想うように優しげに目を細めた。

「……そう。じゃあ、このまま仲よくやっていけるのね？　喧嘩とか……浮気もせず」

「浮気？　うちが？　絶対ないよ。自分がされて嫌なこと、こっちがするわけないじゃん」

僕と白野さんは顔を見合わせた。どうも、達町が嘘をついているようには見えない。

だが、このままでは浮気の件が謎のままだ。

「……そう。わかった、ありがとう」

礼を述べながらも、白野さんはまだ釈然としない表情をしている。

「や、こっちこそありがと。おかげで面白いこと知れたよ。うちも三〇%になったよって、さっそく瓢ちゃんに送ろ」

そう言うと、達町はスマホをいじり始めた。結果が表示されたままになっていた『恋の泉』から、チャットアプリのアイコンをタッチする。チャットアプリが開き、連絡先を選択する画面になった。友達の名前とＩＤがずらりと並ぶ中から豊北瓢吾のものを選択する。

僕と白野さんは、何気なくその操作を眺めていた。達町が豊北の名前に指を触れたとき、白野さんが「え」と声を漏らした。

「ん？」僕は白野さんの方に顔を向ける。

白野さんは顋を指で挟み、ぶつぶつと何やら呟く。「『t.t』……」

わけがわからず僕が首を捻っていると、白野さんがはっとしたように達町の顔を見た。

「待って、達町さん」

「何、いきなり。まだなんかあんの？」

「最初に言ったでしょう？　あなたたちの相性度、私たちが判定してあげると。それをもう一日だけ待って。その結果を聞いてから、豊北くんとのこれからをどうするか決めて」

「え、なんで――」

「明日、またくるから！」

白野さんは半ば強引に会話を打ち切ると、達町に背を向けて早足で歩きだす。僕は慌ててその後に続いた。「ちょ、ちょっと！」という達町の声が背中に届く。

「どうしたの？」僕は駆け足で追いつき、白野さんに訊ねた。

「上河くんは見た？」

「見たって？　何を？」

「ＩＤ。豊北くんの」

「ＩＤ？　や、はっきりとは見てない。でも、カップルＩＤになってたような……」

「『t.t』、となっていたわ。そのカップルＩＤのイニシャル」

『t.t』……。僕はしばし考えて、「あっ」と思い至る。おかしい。

「あなた今日、達町さんの観察をしていたのよね。昼休み、お弁当は誰と食べていた？」

「弁当を食べるところは見てないけど。休み時間はずっと戸澤さんと行動してたよ」

「そうなのね。では、証拠集めを始めましょうか。そのおしるこ、もらっていい？」

ずっと袋を提げたまま忘れていた。僕はすっかり冷えたおしるこ缶を白野さんに渡した。

白野さんが言う。

「ようやく、真実が見えそうね」

＊

『恋の泉』の謎が解け、達町の本心を聞いた、その翌日の放課後だ。

屋上にて、集めた情報を二人で整理し、これから謎解きタイムである。

『こっちは都合のいい女だからな。やっぱり、縁を切っちまうのはもったいない』

『瓢吾とあたしがつき合ってるのは二人の秘密だもんねー。本当に愛されてるのはあたし』

一つ目は、豊北の思考。「達町さんに、ちゃんとつき合おうと言ったそうね。どういう心変わり？」と白野さんに問われた際の、脳内だ。昨日、達町と話したあと、僕らはまた豊北にアタックして必要な情報の宿った唾液を手に入れていた。「こっちは」というところから「あっち」がいるのが窺える。一時は達町と別れるのも仕方ないと思いつつも、やはり遊び相手として繋がっておきたいと考えたのか。

そして二つ目は、戸澤友音の心の声。今日の休み時間、廊下に呼び出して話を聞いたのだ。こちらも話をしたのは白野さんである。

これは、「あなたの彼氏って豊北くん？」というド直球な質問に対する、彼女の思考内容だった。「やだなー、豊北くんには別に彼女がいるでしょ？」と、口では否定していたが、心の中までは誤魔化せない。

二人の本心は二本セットのヤクルトを一本ずつ使い、八〇円で知ることができた。

結論として、豊北と戸澤は浮気していた。

最初に気づいたのは白野さんだった。昨日、達町のスマホの画面で豊北のチャットアプリのIDを見たときだ。豊北のIDは最近流行っているらしいカップルIDになっていた。IDの中に「love」の文字と彼女のイニシャルを入れたものだ。豊北のIDではそのイニシャルが「t.t」となっていた。達町との『恋の泉』の結果が三〇％になったことから、豊北はヘボン式を使うはず。だとすると、達町千華のイニシャルは「c.t」になるはずなのだ。豊北の周りで「t.t」というと、真っ先に思い当たる人がいた。――戸澤友音。

豊北自らカップルIDにしたのか、戸澤にIDを変更するよう迫られたのかはわからない。ただ設定する上で、「t.t」であれば達町にバレることはないと考えたのだろう。

また、僕が聞いた達町の『もう別れるんだから、浮気じゃないよね――』という心の声について。白野さんは僕の「能力に間違いはない」という言葉を信じてくれていた。そして可能性の一つとして、唾液が別人のものだったのではないかと考えていた。

浮気をしていたのが豊北と戸澤だと仮定した場合、もしかすると達町の箸に、二人のどちらかの唾液がついていたのかもしれない。箸を貸したり、自分の弁当のおかずを相手に食べさせてあげたりしたという可能性が考えられる。

僕の能力では、脳内で再生されるような感覚で相手の心の声が聞こえる。件《くだん》の唾液を舐めたとき、僕は先入観から達町の顔を思い浮かべていた。達町と戸澤の声が似ているせいもあって、僕はその心の声が達町のものだと思いこんでしまっていたのだ。

よって白野さんは、『もう別れるんだから、浮気じゃないよね――』という心の声は、戸澤の、達町と別れ話をした豊北を想ってのものだと推理した。そして、正確に確認するため、昨日と今日で能力を使って二人の本心を探り、裏を取ったのだった。

「非常に言いにくいけれど、伝えなければいけないわね」

白野さんは愁いを帯びた声音で言った。

「達町、ああ見えて結構純粋そうだから、ショック受けるかもな……」

「ええ。だけど、知らない方がいいとは決して思わないわ。あんな純粋に恋をする子こそ、幸せになるべきよ。騙されたままでいいはずがない」

恋のキューピッドは凛とした表情で言い切り、階段室へと足を向けた。

「行きましょう、達町さんのところへ」

＊

「達町さん、あなたと豊北くんは相性最悪。アプリが正しかったというわけではないけれど、〇%と言っていいくらい……。あなたは素直な子、本当にあの人のことが好きなんでしょう。でも、少しでも迷う部分があるのなら、考え直すべき――」

昨日と同じ、人通りの少ない茶道部の部室前だ。呼び出した達町に、白野さんは言葉を選びえらび話す。達町は困ったような顔で聞いていたが、白野さんがセリフを終えた際、真っ直ぐに僕らを見ながら口を開いた。

「何がわかったの？　隠してないで聞かせて。うちに気遣いとかいらないから」

「……そう。そうね。ええ、話すつもりだったわよ。では――」

白野さんは達町に、彼女と豊北、そして戸澤友音の間にある真実を告げた。ただし、僕の能力については話さず、証拠としては弱いかもしれないが豊北のカップルＩＤのイニシャルがおかしいことと、部活終わりにデートしていたことだけを伝えた。

「やっぱし、あの二人……」と、考えこむように達町が呟く。

「ええ。そういう事実があると思われるの。だから……」

最後にどう声をかけるか、白野さんは迷っている様子だった。対して達町は深く頷いた。

「わかった。とにかく全部、自分で確かめるから」

「……そう。あなた、強いわね」

達町は彼氏と友達に同時に裏切られたことになるのだ。しかし、彼女の目には挑戦的な鋭い光が宿っていた。

「や、ずっとイライラしてたからさー。瓢ちゃんにも、友音にも。うちがいる前でも普通にベタベタしてることよくあったし。うちをほったらかして遊びに行っても悪びれもしないし。それでも瓢ちゃんのことは好きだったし、嫉妬くさいのもみっともないなーと思って我慢してたけど。でも、隠れてつき合ってるってなったら話は別。ちゃんとどっちが本命かはっきりさせる」

もともと、達町は自分から別れ話をするくらい恋に白黒をつけるタイプだった。純粋で素直で、そして強い心の持ち主だ。

このあと達町は豊北に会いにいくという。別れ際、白野さんが訊ねた。

「ところで達町さん、お昼、戸澤さんと一緒に食べているのよね？　昨日、お箸を貸したりした？　もしくは、何か食べさせてあげたりとか」

「何それ。昨日？　……あー、したかも。したした。ピーマンの肉詰めがさ、お弁当に入ってて。でもうちピーマン無理だから最後まで残してたら、友音が食べたいって言うから『あーん』してあげた。なんでそんなこと訊くの？」

なるほど。それで達町の箸に戸澤の唾液がついていたのだ。ペットボトルから得られた思考も恋に関する内容だったので、そのとき達町たちは恋バナでもしていたのだろう。

最後に引っかかっていた謎が解けた。

僕らは適当に誤魔化しながらお礼を言って、達町と別れた。

＊

達町に真実を話して二日が経った放課後。白野さんと僕はまた、校内で新たな相談者探しをしていた。購買で温かい飲み物を買い、冷たい風の吹く運動場脇を歩いていく。

「白野さんはさ、おしるこ以外に好きなものってあるの？　食べ物じゃなくても、何か」

僕は三歩ほど前をいく白野さんの背中に声をかけた。

「ちょっと、最近毎日飲んでるからって、おしるこしか趣味がない奴みたいに言わないで。そうね……まぁ、一番は本かしら。読書が好きなの」

「へぇ、読書、なんか似合うね。どんな本読むの？」

「いろいろ読むからね……。家の本棚の写真があるわ」

ほら、と白野さんがスマホの画面を見せてくる。写っているのは、五段ほどの本棚。背表紙は特に統一感がなく、さまざまなジャンルの本が詰めこまれているのがわかる。

「へぇ、部屋にこんな大きな本棚があるっていいね」

最上段の右上には、桜の花びらが描かれた白い背表紙の単行本が三冊並んでいた。同じ本が三冊。僕の友人に、好きな作者の本を必ず三冊買う人がいた。読書用と、保存用と、他人への布教用。白野さんもこの本のファンなのだろうか。

「いいでしょう。あなたも読書くらいしなさいよ」

僕が写真の中の本のタイトルをまじまじ見ようとしていると、白野さんがひょいとスマホを引っこめた。歩くペースを元に戻す。

白野さんがいくら目を光らせていても、恋に悩んでいそうな生徒は見つからない。さすがの進展のなさに、僕らはどうでもいい会話をするようになっていた。

ぶらぶらと校舎の角を曲がり、裏庭へ続く道へ入ったときだった。前から歩いてくる女子集団を見て、白野さんが「あ」と声を漏らした。なんだ？　と僕もそちらに目を凝らす。

それは茶道部の集まりのようだった。中には達町の姿がある。そして彼女を見た僕も、「えっ」と驚いてしまう。

達町は金色のミディアムヘアーをバッサリと切り、ショートボブの髪型になっていた。

僕と白野さんは足を緩めながら、茶道部の集団とすれ違う。その際、友達と喋っていた達町がちらりとこちらを見た。顎の下にある毛先に軽く触れ、ふっと微笑んでくる。

僕らは立ち止まり、去っていく茶道部の背中を眺めた。達町は友達と肩をぶつけ合いはしゃいでいる。

「吹っ切れたみたいね」

彼女たちの声が大分遠くなった頃、白野さんが言った。

「そうだね。ていうか、失恋して髪切る人ってほんとにいるんだ」

漫画でそういうストーリーを読んだことはあるが、現実で見るのは初めてである。

「想いを断ち切る、という意味でも髪を切るのはいいことだわ。昔、女性が俗世への思いを断って仏門に入る際、髪を切ったのが元だという説があるけれど。でもね、そもそも、髪を切ると新しい自分になった気がするじゃない？　髪を大切にする女子ならなおさら。

また生まれ変わって、今度こそ素敵な恋をしてやろうという意志の表れ。と同時に、前の恋に見切りをつけようとしている証でもある」

「もう大丈夫ってことか……。豊北と話し合ったのかな。戸澤とも」

「しっかり話してはっきりさせたのでしょう。また時間を置いて、ゆっくり聞いてみたいけれど……。でもまぁ、さっきの彼女の笑顔、きっともう心配はいらないと思うわ」

僕らはまたぶらぶらと歩き始めた。心なしか、その足どりはさっきよりも軽い。

「あなたの能力のおかげよ」と、白野さんがぽつっと呟いた。

「えっ」

いきなりの言葉に、僕はよくわからず聞き返す。すると再び足を止めた白野さんが、こちらを振り返った。

「前回も今回も、相談者の抱える問題を解決できた。それもこれもあなたの能力のおかげ」

白野さんは真剣な表情で、僕を見てくる。

能力のことを褒められている？　理解した瞬間、胸がドキッと跳ねた。下腹の辺りが妙にそわそわする、変な感覚だ。

「い、いやいや、違うよ。今回だって、能力を使ったせいで逆に混乱させちゃったし。僕の能力なんて、全然汎用性もなくて、ダメダメで……」

「何言っているのよ、本音が読めたからこそ問題を解決できたの。あなたがいなければ豊北くんの浮気だって発覚しなかったかもしれない。だいたい、前から思っていたけれど、何よそのうじうじした思考は。あなたは人にはない変態能力を持っているの、誇りなさい」

かあっと全身が熱くなった。誇りなさい、その言葉が脳内をぐるぐる回る。この感覚はなんだ？　高揚感？　能力を、認めてもらえたから？

「へ、変態は余計だって」

僕は返事に困り、なんとかそれだけ口にした。そんな僕を見ながら、白野さんは言う。

「そういえば、あなたの夢。あれ、本気だったのね」

「夢？　本気？」

「あなた、捜査官になりたいのでしょう？　冗談だと思っていたけれど、そんな能力を持っているのなら本気なのかなと」

「ど、どうしてそれを……」

頰が急激に火照るのを感じた。どうして僕の夢が白野さんに知られているのか。まさか、脳内を読まれた？

「どうしてって、あなた書いていたじゃない。最初の英語の授業のとき、『investigator』」

そう言われ、思い出す。僕は最初の英語の授業の自己紹介で、白野さんとペアになった。あのとき、決められた質問に英語で答え合うというのをやる予定で、紙に質問の答えを書いていた。将来の夢は？　という質問に、僕は「investigator（捜査官）」という単語を辞書で調べて書いたのだ。時間がなくてお互いに質問はしなかったが、白野さんには僕が紙に書いたその単語が見えていたのだろう。

「なれるわよ、あなたなら」白野さんは言った。

「無理だよ。そんなの」

「何言ってるのよ。まぁ、頭はもうちょっとキレた方がいいかもしれないけれど。その能力さえ活かせれば、誰よりも優位に立てるじゃない。……って、何涙ぐんでるの⁉」

白野さんが珍しく戸惑った声を上げる。僕はごしごしとブレザーの袖で目を拭った。

「や、ちょっと。ありがとうね、白野さん」

「な、何よ、気持ち悪い。そんなに叶えたい夢だったの？　別に、あなたの能力って、使おうと思えば何にでも活かせるじゃない。そんな特別な能力を持っておきながら、自分の夢さえ叶えられないなんて、よほどのバカって話よ」

「そう、だよね。でも、ありがとう……」

「え、えー、何これ……」

完全に引いた表情で、僕から身を遠ざける白野さん。しかし僕は、お礼を言い続けた。それだけ僕は、彼女に救われた気分だったのだ。

僕の能力は親からの遺伝である。僕の父親も、サイコメトリーの能力を持っているのだ。僕よりも、格段に優れた能力を。

僕の父は、相手が触れていた物に触れることで、それに残った相手の思考を読むことができる。そしてその能力を使って、とある組織に所属し、さまざまな事件の捜査に協力していた。警察は世間の信用を失うことを恐れ公表しないが、有名な事件の中には父が捜査して解決したものもたくさんある。僕はそんな父に憧れていた。

父親も、僕に能力が宿っていることを喜んでいた。幼い頃、母親が授乳しようとする度に僕が顔をしかめて泣き喚くのを見て、他人の思考が脳内で流れているのかもしれないと気づいたらしい。

九歳のとき、僕は初めて父の所属する組織につれていってもらった。たくさんのモニターが周りを囲む、薄暗い部屋。その日はその場所に、父の他に五人もの超能力者が集っていた。海外の捜査局からの依頼で、連続殺人事件の捜査にあたっていたらしい。その中で中心に立って指揮を執る父を、僕は隅っこから尊敬の眼差しで眺めていた。

会議の時間が終わり、各々が自分のやり方で捜査を始める。その間も、僕は部屋の端の椅子に座って見学していた。それは父が少し席を外したときだった。捜査官の数人が、僕の方をちらちら見ながら話し始めた。

『見ろよ、あれ。上河の子供。父親と違って、あいつの能力……らしいぜ』

『へぇ、知らなかった。にしても、そんな使えない能力あるのかよ。持ってても意味ねぇ』

『だろ？　上河はなんでここにつれてきたんだろな。一応、極秘施設なんだが』

『将来入れるつもりなんじゃないか。いや、まず無理だろうけどさ』

その人たちは明らかに僕に聞こえるよう大きな声で喋っていた。僕はただただ俯いて、聞こえていないフリしかできなかった。

父に憧れ、捜査官になりたいと思った。

だけど僕の能力は特別でもなんでもない劣ったものだと、そこで知らされた。何にも役立てることのできない、使えない能力だと。それからは、能力を使おうと考える度、その日の光景が頭の中でリフレインされるようになった。

僕はだんだんと、自分の夢と能力から目を逸らすようになっていった。

＊

翌日、金曜日の放課後。僕は当番だったトイレ掃除を終わらせたあと、屋上へ向かった。今日こそ相談者がくればいいなと思う。もう恋に悩む人を探して校内を回るのも疲れた。それに、自分でもなんの心変わりかと思うが、僕は早く次の悩みの解決に挑みたかった。能力をどんなふうに活かせるか、他にも試してみたい。そしてその方法を、白野さんに学びたい。二人でもっと、いろいろな問題を解決してみたい。

恋解部に入れられ、無理やり能力を使わされていなかったら、こんなこと一生思わなかっただろう。全ては彼女が、僕の能力も捨てたものじゃないと教えてくれたからだ。実際に僕の能力を利用して問題を解決することで、その有用性を示してくれた。

階段室の机には、鞄が一つ置いてあった。開いている扉から、僕はひょいと顔を覗かせる。先にきていた白野さんは、フェンスのそばで景色を見ているようだった。これまでも何度か見た光景だ。僕はゆっくりと彼女に近づいていく。

そしてすぐに、その様子がいつもと違うのに気がつき、立ち止まった。

白野さんは黒い手帳を手に持っていた。それ自体は見たことがある。ある朝、白野さんが同じようにフェンスの近くで、難しそうな顔でその手帳を睨んでいたことがあった。

だが今日は。

手帳を手に佇む白野さんは小さく肩を震わせている。時折鼻をすする音が聞こえてきた。僕は思わず息を呑んだ。すると気配に気づいたか、白野さんが振り返る。

その目には、涙が浮かんでいた。

白野さんは僕の顔を見て、慌てたように袖でぐしぐし目元を拭う。

「ごめんなさい。顔を洗ってくるわ」

そう言ってフェンスから離れ、僕の横を通りすぎて扉の方へ向かっていった。

いったいなんだったのか。急な出来事に、僕はぽかんとしてその姿を見送っていた。今の涙の意味は？　手帳には何が書かれているんだ？

僕は白野さんの立っていたフェンスのそばにいき、外を眺める。

彼女はここで、何を考えて……。

わからない。そういえば未だ、白野さんについてはわからないことだらけだ。

無意識にため息をつき、僕は下を向く。そのときふと、足元に一つ、丸い染みがあるのが目についた。

――これ、白野さんの涙じゃないか？

僕はこくっと唾を飲んだ。しゃがみこみ、恐る恐るその濡れた跡に指で触れる。躊躇いもあったが、目を瞑ってその指を舌に運んだ。

『飛び降りで決定にしましょう。とにかくもう、時間がない』

脳内に反響した、白野さんの思考。ぞわりと背筋に震えが走った。

やはり、彼女は自殺のことを考えていた。

普段はそんな様子、全く見せない。僕を変態と罵り、恋解部で熱く恋を語る白野さんからは、自殺しようと悩んでいるなんて想像もつかない。だから、いつの間にか頭の隅に追いやられていた。彼女が自殺の方法について、悩んでいた事実。

——とにかくもう、時間がない。

それはどういうことだろう。嫌な予感がする。部活どころではないかもしれない。

僕は白野さんの様子を見に行くことにした。扉をくぐろうとしたとき、ズボンのポケットでスマホが震える。取り出してみるとメッセージが届いていた。白野さんからだ。

『from：白野　今日は帰ります。本当にごめんなさい』

階段室にあった彼女の鞄は、もうなくなっていた。

〈3〉止まらない恋と二人の挑戦

『from：白野　用事があるので、今日の部活はお休みにします。ごめんなさい』

休みが明けて、月曜日。放課後、僕が当番の掃除を終えて屋上へ向かおうとしたところ、白野さんからメッセージがきた。顔文字や絵文字など一切ない、彼女らしい文面だ。

「休み……」

先週に引き続き、だ。屋上で白野さんが泣いていた、あの日。

『飛び降りで決定にしましょう』

そんな彼女の心の声が、思い起こされる。

『とにかくもう、時間がない――』

これが彼女の本心なのは、間違いない。

今日の用事とはなんだろう。あれだけやる気だった部活を二回連続休みにする時点で、彼女の様子は明らかにおかしい。

まさか、自殺の準備だろうか。

我ながら嫌な想像だと思ったが、それが妄想だとは言い切れない。

他に用事と言えば、なんだろう。不吉な思考をかき消そうと、僕は別の方向へ思考を巡らそうとする。しかし、学校外での白野さんの生態を、僕はほとんど知らなかった。

趣味は読書、好きな食べ物はあんこ。少しずつ、彼女のことは知りだしている。だけど、休みの日は何をしている？　放課後は……恋人でもいてデートしたりしているのだろうか。

そこで僕はハッとしたような感覚に捉われた。

白野さんに彼氏がいても、なんの不思議もない。彼女は見た目が満点な上に頭もよく、当然、モテるのだ。だいたい、驚くほど熱心に恋の大切さを説く彼女が、恋をしていないなんていう方がむしろ不自然ではないか。

考えていると、なんだか胸がちくちくとした。取り除き方のわからない、質《たち》の悪い不快感だった。

とにかく、白野さんが何をしているのか確かめたい。

昇降口で白野さんの下駄箱を確認すると、もう上履きが入っていた。すでに帰ったようである。白野さんの家を知っているわけではないが、僕は彼女がいつも帰る方向を歩いていった。しかし、どこにも彼女の姿はなく、結局その日は諦めて帰宅するしかなかった。

＊

翌日、僕が教室に入ると、白野さんは当たり前のように登校して席に着いていた。なんだか身体の芯から気が抜けるようで、僕は自分の椅子に座りながら深く息をついた。

「おいおい。今日もまた、でっかいため息ついてるなぁ」

三城がいつものように振り返り、僕に話しかけてくる。

「なんだなんだ？　恋の悩みか？」

「恋の悩み……」

三城の言葉に、僕は再び深く嘆息する。

ただの恋の悩みであれば、どれだけ心が楽だったか。事はもっと重大で、深刻なのだ。

昨日、白野さんは何をしていたのだろう。もう大丈夫なのだろうか。果たして今日は部活をするのだろうか。土日の休みも含めれば、もう四日、恋解部は活動していない。

僕としては、せっかく少しやる気になってきたところだったのだが。

「まぁ、そう気を落とすなよ。相手はあの完全無欠な女の子、白野さんだろ？　ちょっとは仲よくしてるみたいだが、やっぱりありゃあ強敵だぞ。ライバルも多いし」

三城は僕を励ましてくれているようだった。

完全無欠な女の子。クラスの人たちの目には、白野さんはそう映っているのだろう。しかしその実は、謎多き仮面優等生だ。悩みを抱える、危うい女の子。そう僕が彼女の裏の顔を思い浮かべていると、三城がぼそっと続ける。

「……でもまぁ、恋は総じて難しいもんだけどなぁ」

その珍しく憂わしげな彼の口調に、僕は引っかかりを覚えた。

「どうしたの？　三城も何か悩んでるの？」

「そりゃまぁ。悩み事くらい、誰にでも一つや二つあるもんだろ？」

三城は後ろ向きに椅子を跨いで座り直し、僕の机にうつ伏せるような体勢になる。

「三城はあんまり悩むようなタイプに見えないけどね」

「おい、失礼な」三城が体勢はそのままに顔だけこちらに向けてきた。

「それで、三城のそれって恋の悩みなの？」

「まぁ、そうだけど……。なんかやけに食いつきがいいな」

「どんな話？　聞かせてよ」

「上河、お前ってそんな恋バナではしゃぐような奴だったっけ」

「恋バナというか、恋の問題を聞きたいというか」

食い気味に答える僕に、三城は不思議そうな顔をする。それでも、どこか気まずそうに視線を落としながら、ぼそぼそと話してくれた。

「そんなに言うなら話すけど……。俺、先週フラれちまってさ」

「えっ、フラれた？　いつの間に？　全然気づかなかった」

突然の告白に、僕は仰天して訊き返してしまう。

「ああ。早く忘れようと、その子のことできるだけ考えないようにしてたからな。下手に思い出さないよう、話題にするのも避けてたし」

「そうだったんだ……」

にしても、全く態度に出さないとは大したものだと思う。いや、もしかすると何度もサインは出ていたのかもしれない。僕が恋解部の活動に忙しく、気づけなかっただけで。

「でもな、家に帰って自分の部屋に一人でいたりすると、どうしても浮かんできちまうんだよ。その子の顔が、少ない思い出が。一度それが脳裏に張りついちまうと、もう中々剝がれなくて。ほんとに、これがいつまで続くんだって感じで」

こんなに辛そうな声で語る三城は初めてだった。僕は心ともなく息を呑む。

「ま、まだ先週の話なんでしょ？　そんなに簡単に忘れられるもんでもないと思うけど」

「そうだよな。やっぱまだ未練を感じてるのか」

「諦めきれてないってこと？」

「どうだろ。それこそまだ日が浅いからかもしれないが、全く忘れられる気がしない……」

「あー……。フラれた理由はわかってるの？」

その僕の質問に、三城は首を横に振った。

「いや。聞いてないし、全くわからない」

これは、と僕は思った。

「それで、三城は困ってるんだ」

「ああ、そうだな。もやもやが晴れなくて、自分でもどうすればいいか……」

これは、僕らが解決すべき案件と捉えていいのではないか。

彼は恋の問題を抱え、悩んでいる。困っている。それはまさに、僕らの出番である。

普段のキャラに似合わずどんよりと肩を下げている三城に向かって、僕は言った。

「ねぇ、放課後、屋上にこない？　その恋の悩み、解決してあげるよ。恋解部がね」

＊

「恋解部、ねぇ。屋上でなんかこそこそやってるのは知ってたけど、部活だったとは」

放課後の屋上に、僕は三城を招待した。

「部活と言っていいのかな……。まぁ、さっき説明した通り、恋愛相談をしてるんだ」

そう言って、僕は正面に座る白野さんに「ねっ」と同意を求める。

三城が悩んでいると知ったあと、僕は教室で白野さんとすれ違う際に、「今日、相談者をつれていくから屋上にきて」と短く伝えた。白野さんは「ほんと?」と僕に聞き返し、「待っているわ」と了解の意を示してくれた。

そして今、僕と相談者の三城が並んで座る対面に、白野さんが座っている。

「そういうことよ。三城くん、あなたはどんな恋煩いに苦しんでいるの？　差し支えなければ話してほしいわ」

恋のキューピッド役には、いつも彼女は夢中で取り組む。今回もそうやって元気を取り戻してくれたらなという思惑から、僕は三城を屋上につれてきたのだった。

屋上での涙、それに二回の部の休みはなんだったのだろう。自殺の件もまだうやむやだ。

しかし、白野さんがこうして屋上にきてくれて、僕はひとまずほっとした。

「あー、えっと……」

三城は白野さんと僕の間で視線を一往復させて微妙に口ごもった。柄にもなく緊張しているのだろうか。それとも、失恋した相手を思い出すのが辛いのだろうか。

「大丈夫か？　無理にとは言わないけど……」

僕は三城の表情を窺いながら、恐る恐る訊ねる。

「いや、どこから話せばいいかわからなくてな。出会いからか？　こういうの、こうして改まって人に聞かれるのはなんか恥ずかしいな」

　無理をさせているわけではなかったようだ。僕が安心する横で、白野さんが口を開いた。

「恥ずかしがらなくていいわ。恋は誰もが経験すること。好きという感情なしでは繁殖にまで至れないのが、人間という知的生物の宿命なのだから。よければ全部話してほしい。あなたの恋について」

　白野さんは真剣な目で三城を見つめる。キューピッドのエンジンがかかり始めたようだ。

「ここで聞いたことは絶対に他には漏らさないから。気楽に話してみてよ」

　そう僕が言うと、三城は思わずというふうに苦笑して頷いた。

「そうだな、二人がそう言うなら……。まぁ、俺もそろそろちょっと、誰かに聞いてほしいと思ってたんだ。じゃあ、時間もあんまりないし、さっそく」

　三城は所属するバスケ部の練習をサボってここにきている。少し遅れるくらい問題ないと彼は言うが、本当なのだろうか。僕のお願いできてもらっているので若干気が咎める。

「よろしく」と短く口にして、白野さんは座ったまま姿勢を正した。僕もつられるように背筋を伸ばし、身体を隣の三城の方へ向ける。

　こうして僕と白野さんは、三城が語りだす恋の話に耳を傾けた。

＊

今年の五月、春の背を夏が押し始めた頃のこと。三城は部活中よくサボって体育館を抜け出し、校内をふらふらうろついていた。他の部活の友達に会いに行き、遊び感覚でそちらの部に参加させてもらったり、中庭のベンチや校門前で溜まっている生徒のお喋りに交ぜてもらったり。図書室で寝ることもあれば、友達と教室でトランプをすることもあった。

そんなある日、三城は一人で裏庭の奥の木陰に腰を下ろしていた。校内を一周してみたが特に相手をしてくれそうな知り合いがおらず、他に行くあてもなくて休んでいたのだ。太い木の根にもたれ、枝葉の間からちらちらと地面を照らす夕陽をぼんやり眺めていると、いつの間にかうつらうつらしていた。

それから何分が経った頃だろうか。ざっと砂の上を歩く足音と共に、近くで人の気配を感じた。意識が一気に覚醒し、三城はハッとして瞼を開く。鞄を肩にかけた見知らぬ女子が、驚いたように目を見開いてこちらを凝視していた。

それが、彼女との出会いだった。

三城が「あっ」と声を上げると、女子はすぐに早足で歩き去ってしまった。踵を返す瞬間、何か文句でも言いたげな恨めしい視線を彼の方に残して、だ。

三城の記憶の中に、彼女の姿は深く刻みこまれた。何も言わず、敵意のこもったような視線だけ残して去っていかれたことが強烈だった。特に染めたりセットされたりしていない、無造作に肩にかかる黒髪。前髪に少し隠れた吊り気味の目は強い光を宿し、どこかネコ科の肉食獣を連想させる。色白で華奢な身体つきだが、誰にも振り回されないような奔放な雰囲気を身に纏っており、とにかく強く印象に残る女の子だった。

同学年にあんな子はいない。断言はできないが、年上でもない気がした。一年生だろう。そう予想しながら、三城は翌日から登下校や移動教室の際、彼女のことを目で捜すようになった。放課後、部活をサボったときはふらっと裏庭を通ってみるようになった。

彼女に再び出会えたのは、初対面から三日がすぎた日のことだった。

以前遭遇したときよりも少し遅い午後五時すぎ、三城が裏庭を覗いてみると、地面にしゃがむ小さな背中が見て取れた。この前寝そうになっていた、太い木のそばだ。なんだかバレると逃げられるような気がして、三城は足音を忍ばせゆっくりと彼女に近づいた。

いったいこんなところで何をしているのだろう。

その答えはすぐに明らかとなる。二人の距離が五メートルほどのところまで近づいたとき、彼女の足元に何かが蠢いているのが見えた。

「にゃあ」

猫だった。どこから入ってきたのか、黒猫が彼女の足にすり寄っていた。彼女の脇の地面には、空のお皿が置かれている。少し汚れていることから、それで餌をあげたのだろう。よくよく見れば、蓋の開けられた猫缶も近くにあった。

三城は気づいた。餌を用意してきているということは、猫がここにいるのを元より知っていたということだ。先日出会ったとき彼女が文句言いたげだったのは、自分がこの場所で寝ていたからではないだろうか。ここに誰かがいると餌やりができないのかもしれない。

そう三城が推理する間も、猫は喉を鳴らしながら女子の靴下に頬を擦りつけていた。彼女はそれに応じ、優しく猫の頭を撫でる。そしてそのとき、三城は見てしまった。あの小型の肉食獣をイメージさせる鋭い顔つきをしていた彼女が、口元を崩して優しげに笑みを浮かべているのを。彼女のことが気になっていた三城だが、その笑顔を見たときに完全にノックアウトされてしまった。

次の瞬間、猫が三城に気づき、短く鳴いて彼女から離れた。彼女が振り向いて、驚いた顔をする。その目が次第に眇められる。

「また――」

実際は言葉になっていなかったが、三城は「またお前か」という声を聞いた気がした。

＊

そこまでが、三城の語る彼女との出会いだった。

「それって一目惚れってこと？」

僕が訊ねると、三城は頷く。

「まぁ、正確に言えば二目惚れだな。あの子、化粧っ気が全くなくて一見地味だけど、地はめちゃくちゃ綺麗な顔してるんだ。ダイヤの原石って言うの？　その笑顔をどうしても、俺に向けてほしくなった。きっかけはそんな感じで、あまり立派なもんじゃないけど」

三城は彼女の普段は見せなさそうな笑顔を見て、ギャップにやられたとのことだった。

一人で動物と接していた際に浮かべていたそうだから、さぞ純粋な微笑みだったのではないだろうか。

「立派じゃないなんてとんでもない。男は目で恋をし、女は耳で恋に落ちると言うわよね。容姿や雰囲気から気になりだすのも普通のことよ。それで、そのあと彼女とどうなったの？」

白野さんが少し机に乗り出して発言するのを見て、僕は安心する。

「そのあとは、俺が毎日裏庭に通って、その子がいるときは毎度話をして。少しずつ距離を縮めていったつもりだったんだが……」

二人の思い出を脳裏に蘇らせるよう視線を斜め上の虚空に置き、三城は話を再開した。

＊

その女子が猫と触れ合う瞬間を見た日、三城が果敢に話しかけるも、彼女はそそくさと荷物をまとめて裏庭を離れてしまった。何度も無視された三城は彼女を追いかけることができず、取り残された猫も逃げるように裏庭の塀際の茂みに飛びこんで隠れてしまった。

翌日も、三城は裏庭へ足を運んだ。しかし、その次の日も、そのまた次の日も。待っていれば、彼女はほぼ毎日裏庭に顔を出す。しかし、三城の待ち伏せに気づいた時点で、彼女は回右して逃げてしまう。三城は待ち伏せをやめ、彼女が裏庭に入ってから近づいていくことにした。そうして二度、餌やり中の彼女に話しかけたが、やはり無視され会話が成立することはなかった。そして結局、彼女にも猫にもさっさと逃げられてしまう。

これではまるでストーカーだ。そう自覚した三城は、もう彼女は諦めようと何度も考えた。しかし、どうしても気になってしまう。ある日、裏庭へ行くのはやめるにしても、一目だけでいいから彼女の姿を見たいと思い、三城は昇降口で玄関扉のガラスにもたれながら彼女が通るのを待つことにした。

いつも一六時から一七時の間に、彼女は裏庭に現れる。三城はその時間に合わせて部活を抜け、彼女が昇降口を通るのを待っていた。やがて計算通り、廊下を歩いてきた彼女が下駄箱の前に立つ。それを隠れて観察しながら、三城は「ん？」と呟いた。彼女が靴を履き替え始めたのだが、その様子がどこかおかしかった。

彼女は一旦履いたローファーを、慌てたように脱いで中を確認している。なんだろうと思い、三城は彼女の方へ目を凝らす。そこへ、下駄箱の裏から派手めな女子が三人、腹を抱えて下品なバカ笑いをしながら姿を現した。

「きゃははは。くっさ、あんた何入れたの？」

「え？　さっき言ったじゃん。醤油だよ、醤油。コンビニ弁当についてた小さいボトルのやつ、蓋開けたまま」

「醤油？　やっば。あれ？　溝田《みぞた》、あんたなんか足臭いよー？」

三城はそこで初めて、自分が追いかけていた女子が溝田という名前であることを知った。溝田さんは手で足の先を触り、靴下の湿り具合を確かめているようだった。ローファーの中から、仕こまれていた小さな醤油差しを取り出す。

目の前で起こっているのはいじめだった。

溝田さんは黙って女子三人を見据えていたが、特に抵抗を示すことなく、もう一度ローファーを地面に置いて履き直そうとする。それを見て、女子たちはまた笑う。

「おい、お前ら！」

三城は居ても立ってもいられず飛び出していた。溝田さんと女子三人の間に割って入る。

「何笑ってんだよ。なんにも面白くねぇよ。これなんだ？　何がしたいんだ？」

三人組は溝田さんと同じく一年生のようだった。入学して一ヶ月半ほどなので、まだこの学校の制服を丁度よく着崩せていない。突然の上級生の介入に、三人組は固まった。

「いつもこんなことされてんのか？」

今度は振り返って溝田さんに訊ねた。だが、いつものように無視される。しかし、三城は気づいた。溝田さんの紺のブレザーの裾の辺りに、薄く上履きの裏の跡がついていることに。傷んでいるとまでは言わないが、溝田さんの制服は全体的に色がくすみ、下ろし立てには見えない。汚れを何度も払って落としたせいだろうか。

「お前ら、なんでこんなことしてんだよ」

三城は図体がでかく、髪型や服の着こなしもどちらかというとやんちゃっぽい。そんな上級生に低い声で言われ、女子三人組は萎縮していた。それでも勇気のある一人が、ぼそっと呟くように漏らした。

「別に、関係ないじゃん」

「ああ？　関係ない？　あいにく俺は目の前のいじめを見逃せない優等生だからな。お前ら、今度こんなことしてみろ」

三城は溝田さんの手から、中身が三分の一ほど残った醤油差しを奪い取った。指で容器を押し潰しながら手首で勢いをつけ、醤油を女子三人の方へ発射する。醤油は真ん中にいた、口ごたえした女子に命中した。白いブラウスの胸の部分に、こげ茶色の染みができる。

女子三人組は悲鳴を上げながら三城から距離を取り、そのまま背中を向けて逃げだした。

「他の奴にも伝えとけ。二度とくだらないことするな。こいつに何かしたら、必ず俺が相手しにいくからな」

三城は追い討ちをかけるように彼女たちの後ろ姿に向けて叫んだ。追いかけていってその背中に靴跡をつけてやりたかったが、そこまではしなかった。代わりに溝田さんに言う。

「お前も、困ったときは必ず俺に言え。約束だ。絶対に助けに行くから」

その日も溝田さんは裏庭に現れた。靴と靴下を洗ってきたのだろう、外だが構わず裸足で上履きを履いていた。先に待っていた三城の姿を見ても、溝田さんは逃げなかった。

「……さっきはありがとう」

それから三城と溝田さんは、少しずつ会話をするようになっていった。

本名は溝田志乃実《みぞたしのみ》。部活は生物部に所属しており、毎日顔を出しているそう。猫に餌をやりにくる時間がまちまちなのは、そのせいらしい。かなり無口な性格で、彼女の方から話を振ってくることは基本的になく、会話はいつも三城の質問から始まる。どうも、同学年の友達はあまり多くなさそうだった。

裏庭で一緒の時間をすごしているからと言って、決して溝田さんが完全に心を許してくれたわけではないというのは、三城も自覚していた。まだ心の距離を感じることがよくある。例えば会話中、少し聞き取り辛い部分があって「ん？」と三城が耳を寄せると、溝田さんはびくっと身体を強張らせる。強気な視線を向けてくることもあれば、ふとしたときに臆病な一面をのぞかせる。

それでも毎日接しているうちに、溝田さんの口数は増えていった。

「放課後、友達と遊びに行ったりしないのか?」

「そんなに仲いい人いない」

「気の合う友達、ほしいと思うか?」

「別に。ゴロ太がいるから」

ゴロ太は今も足下でごろごろ喉を鳴らしている野良猫の名前だ。溝田さんがつけたらしい。ちなみに喉の音が由来ではなく、いつも溝田さんが来ただけでは姿を見せず、缶を開けて皿に餌を盛ると茂みから現れるので、食べゴロに出てくる――ゴロ太だそうだ。

そのゴロ太も、今は三城が近づいても逃げなくなっていた。

「じゃあ今日は俺と一緒に帰るか」

三城がそう言うと、溝田さんはぶんぶんと首を横に振る。三城が拒否されたショックに浸る前に、珍しく溝田さんが質問をしてきた。

「それより、部活はいいの?」

特に部活をしているとは伝えていないが、バスケ部のジャージ姿で裏庭にいるので知られていてもおかしくない。なぜ毎日サボっているのだろうと思われていたのかもしれない。

その頃、三城は完全に部活に顔を出さなくなっていた。先輩と揉めたからである。

三城は小学生の頃からミニバスを始め、中学生の頃にはバスケ部で全国大会上位に入るほどの実力を持っていた。公立の高校に入学してみれば、部内では十分に先輩を上回る実力で、即エース候補となった。しかし、今年の夏の大会について、急に三年生が「試合は俺たちで出る」と言いだしたのだ。

三年生の言い分は、自分たちの最後の試合に二年生が出場するのはおかしい、というものだった。自分たちは試合に勝つよりも、最後はバスケを楽しみたい。それに三城がレギュラー枠で出たとしても、試合に勝てるとは限らないと主張した。三城は、結果はともあれ試合は勝つためにするものだと反論した。全力で挑まないのは相手に失礼だろうと。それに、自分が出れば、三年生たちを引っ張って地区大会くらいは突破する自信もあった。

しかし、三城の意見は受け入れられなかった。今年はバスケ部の顧問が代わり、その人がまた部活には熱心でなく、三年生のキャプテンに全権を委ねていたのだ。

そういったことがあり、三城を含む二年生のバスケ部員は次第に部活をサボりだし、今では体育館や部室に顔を出すことも少なくなっていた。

「俺はまだ諦めてないんだけどな。毎日キャプテンに文句を言いに、体育館に行ってる。顧問に嘆願書を出したりもしてる」

三城はその事情を全て溝田さんに話した。何も言わずに聞いていた溝田さんは、最後に「ふーん」と相槌を打ち、ちらとだけ三城の顔を見た。

梅雨の谷間のある晴れた日、三城の取り組みが功を奏し、三年生が条件を出してきた。七月の頭に、県大会上位常連の強豪校と練習試合をする。その試合で活躍し、チームを勝利に導けたなら、大会でも二年生の力を借りるようにすると言ってきたのだ。

他の二年生が何を偉そうにと怒る中、三城はチャンスができたと喜び、溝田さんにも報告をした。溝田さんは相変わらず興味なさそうな相槌を打っていたが、聞き終えたあとかすかな声で「頑張れ」と言ってくれた。それから試合の日までは、三城は練習に集中し、溝田さんとは会っていなかった。

練習試合は鯉園高校の体育館で行われ、二階の狭い通路には応援の生徒が溢れた。試合は三城の活躍でシーソーゲームの様相を呈し、盛り上がりは最高潮に達しつつあった。しかし、強豪校のメンバーをほぼ一人で抑え続け、三城の体力も限界に近づきつつあった。

試合は終盤に差しかかり、三城は一旦落ち着こうとコートの真ん中で深呼吸をした。こうして体力的に追い詰められているときは視野が狭くなっていることが多い。ゆっくりと時間を使って、辺りを見回す。

そして、三城は驚きにハッと目を見張った。

どうして今まで気がつかなかったのだろうか。二階の通路の角、大勢のギャラリーに紛れ、一人の女子がしゃがみこんで手すりの隙間からこちらを見ている。

溝田さんだった。

目が合うと溝田さんは頷きかけてきた。三城は身体の底から力が湧いてくる気がした。

あとから聞いた話によると、溝田さんの一〇歳年上の従兄弟がバスケ部に所属していたらしく、溝田さんも幼い頃よく試合を見に行っていたそう。なので、ルールは把握しており、強豪校相手に三城がどれだけ奮闘しているのかもしっかり理解していたそうだ。

その試合、六五対六三、で鯉園高校は勝利した。三城は最後まで活躍し、チームの勝利に大貢献した。

試合のあと、ユニフォーム姿のまま三城は裏庭へ足を運んだ。思った通り、そこにはゴロ太を撫でる溝田さんの姿があった。

「お疲れ様」その日は三城に気づいた溝田さんが、先に声をかけてきた。

「勝ったぞ」

「うん」

「どうだ？　かっこよかったか？」

「別に」

いつもの無関心そうな調子で、溝田さんが言う。しかし、三城が大袈裟に悲しそうな顔を作っていると、溝田さんはふっと小さく噴き出した。

それは三城がずっと見たいと思っていた、自分に向けられた溝田さんの笑顔だった。

＊

「まぁ、そんな感じで。雰囲気もかなりよかったんだ。部活にはちゃんと出るようになったけど、休憩時間に裏庭に行って話したりして。ちなみに夏の大会は県の二回戦で負けたんだけど、俺は全試合出場できた。いろいろうまくいってる気がして、調子に乗ってて。それで秋になって、先週告白して……フラれました」

溝田さんとの馴れ初めを長く語った三城は、そう締めくくってがっくりと肩を落とした。

ふぅ、と僕は深く息をついてしまう。友人が気づかないうちに、こんな真剣な恋に落ちていたなんて。失恋した今でも溝田さんのことを話す三城は愛しそうな表情をしていた。

「それで、フラれた理由がわからず、今も引きずってて、どうすればばって悩みだったよね」

僕が確認すると、三城は首肯する。これで今回の依頼がはっきりとした。

「フラれた理由がわからない……。よければ、どうフラれたかも教えてもらえるかしら」

そう言って、白野さんは真っ直ぐな眼差しで三城を見る。

「あー。つき合ってほしいと伝えて、返ってきたのが、『ごめんなさい。それはできない』のたった二言だったよ」

記憶の中の彼女の声が脳内で再生されたのか、三城は渋面を作る。

「そう……」

白野さんもそれ以上は踏みこめないのか、短く声を発しただけだった。

「やっぱり一方通行だったんだなぁ。今思えば、一緒に帰ろうって誘ってもいつも曖昧に濁されて……。俺たち校内でしか喋ったことなかったんだよな。あー、やっちまったなぁ」

しかし、次のそんな三城の言葉には、白野さんもぴくりと反応する。

「やっちまった、ってことはないんじゃないかしら。あなたは素晴らしい恋をしていたわ」

「素晴らしい、か？　見事なまでの片想いだぞ？」

「ええ、もちろんよ。片想いだって、立派な恋の形。一生懸命相手のことを考えてすごす時間は、たとえ一方通行でも極めて価値の高いものだわ。そして、あなたは大事にしていたその想いを、しっかり相手に伝えている。とても勇気が必要だったでしょう？　やっちまったなんて言わないで。たとえ実は結ばなくとも、その真心だけはきっと相手にも伝わっている。あなたは自分の想いを最後まで大切に扱った。そこは絶対に誇っていい」

「そ、そうか……」

白野さんに言い聞かせるように言われ、初め三城は面食らっていたようだった。しかし、返事の声は掠れ、やがて小さく鼻をすする音も聞こえてくる。フラれ、もうどうしようもないと心に閉じこめていた、恋する想いを肯定され、感情が溢れてきたようだった。

「俺、恋愛が怖くなっちまってさ。相手との温度差がこれほど違うことがあるのかって。俺はこんなに好きなのに、むこうは全くそんなことなくて。よく一緒にすごしてる間柄でも、熱量に大きく差が出ちまう。しかも、フラれるまでそれに気づけないし……」

「そう……。辛いわね。でも、あなたの感じた温度差は果たして正しいのかしら」

白野さんのそのセリフに、俯き加減になっていた三城が顔を上げた。

「それってどういう……」

「まだ断られた理由がわかってないでしょう？　期待させるわけではないけれど、諦めるのはまだ早いかもしれない。この恋の、裏にある事実、隠れた真相。どちらにせよ、そこが明らかにならないと次には進めない」

そう白野さんは言って、今度は僕に視線を移す。

諦めるにはまだ早い。事実、真相を明らかに。それらの言葉が今回も白野さんから聞けたことが嬉しい。僕は彼女の不敵な笑みを真似して言った。

「恋解部はこの依頼、解決するよね？」

「ええ、やりましょう」

こうして僕たちは、新たな恋の悩みに挑むこととなったのだった。

＊

三城が屋上を後にすると、まずは溝田さんがどんな女の子か知らないと、と白野さんが提案した。僕も賛成で、さっそく二人で裏庭へ向かうこととなった。

時刻は午後四時をすぎたところだ。三城の話では、溝田さんがいるとしたらこれくらいの時間とのことだったが、果たして今日はどうだろう。僕らは食堂前の自動販売機に寄って、お金を出し合ってヤクルトを購入した。恋解部に部費なるものは存在しない。

「多少無理やり恋愛の話をしたりするのはいいけれど、率直に、どうしてフッた？　など訊ねることはできないからね。三城くんがフラれたことを言いふらしている、なんて思われると、彼のイメージが悪くなってしまうから」

「わかった。それで、能力の出番ってことだね」

恋愛の話をする中で、三城に対して抱いていた想いを引き出せれば成功というところか。そんな簡単な打ち合わせをする間に北校舎の角が見えてきた。あそこを曲がれば裏庭だ。

僕らはすっかりいつもの恋解部の活動に戻っていた。昨日までの休みはなんだったのか。先程の話の中で、やはり白野さんは恋愛に肯定的な意見ばかり述べていた。どんなに三城が苦しんでいても、だ。白野さんは恋愛をよいものだと言い切ることのできる、根拠を持っている。

「……ところでさ、白野さんは恋、しないの？」

僕は昨日気になっていたことを、思わず訊ねていた。探りを入れずにはいられなかった。心臓がものすごいスピードで脈を打つ。

白野さんが足を止めた。彼女に並んだ僕は、横から彼女の表情を窺う。

白野さんは前方のどこか虚空をぼんやり見たまま、ぽつりと呟くように言った。

「恋……。したい、けれどね」

恋したい、けれど？　それはいったいどういう意味だろう。したい、ということは、今はしていないということだろうか？

僕が考えていると、白野さんがふっと息を切って再び歩き始めた。僕は慌てて後を追う。

「ねぇ、恋したいってどういう――」

「しっ！」

僕が訊ねかけたのを、白野さんが人さし指を口元に立てて制してきた。

気づけば、丁度校舎の角に差しかかったところだった。白野さんは壁に身体をつけるようにして、裏庭の様子を窺う。

「誰かいるわ。少し遠いけれど、しゃがんで何かしているのが見える。おそらく――」

そこで言葉を切って、白野さんは僕に頷きかけてくる。おそらく、溝田さんなのだろう。

「わかった。僕はいつでも大丈夫」

白野さんの恋の話は気になるが、今は仕方ない。

僕も白野さんの肩越しに、裏庭を覗く。確かに人影が確認できる。そういえば、先程から一メートル以内に入っているが、白野さんは抵抗してこない。夢中になっている証拠か。

「じゃあ、行くわよ」

白野さんはそう言って前に向き直り、裏庭へ一歩足を踏み入れた。


「あら、学校の中に猫がいるのね」

「へぇ、黒猫だ。野良猫かな」

たまたま散歩でもしていたふうを装って、僕と白野さんは溝田さんに近づいていった。

溝田さんは例の猫に餌をやっているところだった。先程話に聞いていた光景が目の前にあるのが、なんだか不思議な感覚だ。

「この猫、なんて名前なの？」

白野さんは猫に視線を向けたまましゃがみこみ、溝田さんに話しかける。

溝田さんは急に接近してきた上級生二人に不審げな目を向けていた。手は安心させるように猫の頭をずっと撫でている。

三城の言っていた通りの印象の子だった。無口で大人しそうに見えて、意思の強そうな目をしている。特にオシャレに気を遣っている様子はないが、目鼻立ちがくっきり整っていて人目を惹く。

「ほんとに可愛い。名前がないなら、私がつけてあげようか？」

白野さんは猫の話を続けている。するとそのセリフに、溝田さんが反応した。

「ゴロ太」

「ゴロ太？　あー、ごろごろ言ってるもんね。へー。あ、ちょっと触ってもいいかしら」

名前の由来は喉の音ではない。白野さんはそれを、あえて知らない体で話している。それに関して話を続けてくるかで、相手がどれだけ心を開いているか測っているのだろう。

溝田さんは白野さんの期待を裏切るように、あっさりその話題をスルーした。困惑した表情で、猫に手を伸ばしてくる白野さんを見ている。白野さんはゴロ太の背中を撫でながら、話題を変えて溝田さんにアタックを続ける。

「私、白野いのりと言います。こっちは上河祐樹。あなたは？　一年生？」

「……溝田志乃実。一年」

「そう。この猫、随分あなたに懐いてるみたいだけど。結構長いつき合いなの？」

「まぁ。懐いてると言っても、この子は餌が目当て」

少し、会話が続き始めた。僕はそんな二人の様子を立ったまま眺める。

改めて思うが、やはり溝田さんは中々肝が据わっている。困ったような顔をしつつも、突然絡んできた上級生、それも深窓の令嬢めいた雰囲気を醸す校内の有名人相手に、落ち着いて対応している。

僕が感心していると、白野さんが振り返って手を開いてきた。何かをよこせと言わんばかりに指をくいくいと動かされ、僕は察する。鞄の外ポケットに入れていたヤクルトを取り出し、二人に近づく。

そのとき、溝田さんがびくっと身を縮めて、恐々とした目で僕を見た。

上級生の男子は怖いのだろうか。僕はヤクルトを白野さんにパスする。

「これ、どうぞ。急だけど、お近づきの印」

白野さんは受け取ったヤクルトをそのまま、溝田さんに差し出した。

「……いえ、大丈夫です」

「そんな、遠慮しないでいいのよ」

「いい。いらないです」

しかし、溝田さんは固辞の姿勢を貫いた。白野さんがどれだけ勧めても受け取ろうとしない。白野さんはしつこくない程度で諦めてヤクルトを引っこめた。難しそうに眉をしかめ下唇を突き出した顔を、一瞬こちらに向けてくる。

困った。これでは能力を使うのは困難だ。思考を巡らせてみても、この場でパッと新たな方法は浮かんでこない。

『――そんな使えない能力あるのかよ。持ってても意味ねぇ』

また不意に、幼い頃言われた言葉が耳の奥で再生された。本当にその通りだ。

逆に、父親の周りにはどんな能力を持つ者がいるのか気になる。ただ、みんな僕の能力よりは優れているのだろう。ネガティブな思考で脳内が埋まりそうになる。

「そろそろわたし、帰るから……」

そんな声が聞こえ、僕はハッとして目の焦点を合わせた。鞄から取り出した袋にお皿と猫缶のゴミをしまい、溝田さんが立ち上がる。

ゴロ太と一緒に溝田さんを見上げた白野さんが、僕の方を振り返った。

「それじゃあ、そろそろ私たちも帰りましょうか」

「あ、ああ、うん」

僕が頷き、白野さんが腰を上げる。そのときにはもう、溝田さんは歩き始めていた。

僕と白野さんは少し間を空けながら、溝田さんについていった。特に関わりのない者同士が、都合上一緒のタイミングで帰ることになったという距離感だ。

溝田さんも僕らがついてきているのには気づいているだろう。しかし何も言わず、振り返ることもなく帰路を辿っていく。その気まずい空気を壊すように白野さんが口を開いた。

「溝田さんは、部活はしていないの？」

これまた本当の答えを知っている質問である。

「……生物部」

今回はちゃんとした回答が返ってきた。もしかすると、溝田さんもこの雰囲気に多少の居心地の悪さを感じていたのかもしれない。

「へー、生物部か。今日は活動してないのか？」

僕も少しずつ仲を深めようと、話に参加する。

「自由参加。わたしは毎日、飼ってる魚に餌をあげに行ってる」

「自由なのね。部員は何人くらいいるの？」と、白野さんが訊く。

「五人。でも、みんな幽霊部員。部長が、部を存続させるために入部届だけ五人分集めた」

「あー、そう。規定はしっかり守っているのね」白野さんは渋そうに視線を横に逸らした。

なるほど、と僕は思う。部を名乗って活動するには、最低でも五人の部員が必要なのだ。つまり、恋解部は完全に無認可である。生徒会に目をつけられるのも時間の問題ではないだろうか。そもそも申請願を出したとして、この活動内容で認可が下りるかは疑問だが。

「じゃ、じゃあまぁ、毎日早く帰れるわけだ。帰って何するんだ？」

先程より少しだけ近くなった溝田さんの背中に、僕は訊く。

「別に、何も」

感心してしまいそうなほど、関わりたくない気持ちが全面に出ている。あまりプライベートに踏み入ったことには、答えてくれない。

「ふーん。いつも一人で帰っているの？」今度は白野さんが質問を投げた。

「いつも一人」

「へー、一人は危ないわよ。世の中、どんな変態が潜んでいるかわからないし」

ちらりと僕の方を見るのはやめてほしい。しかし、僕が抗議する前に、白野さんが一気に核心に迫るキーワードを口にした。

「あなた、彼氏はいないの？」

校門を出て、大きめの通りから住宅街へ入る一つ目の角だった。溝田さんがそこを曲がるのに、僕らもついていく。

「いない」

「あ、そうなの？　じゃあ、告白されたりとかは？」

白野さんが続けて訊ねる。いつの間にか、僕らは溝田さんに追いついていた。僕が横に並ぶと、溝田さんはさっと距離を取り、辺りをきょろきょろと見回す。

それはどこか、誰かに見られていないか気にしているようだった。

「告白も、ない」

溝田さんはそう嘘をついた。同時に、急にぴたりと立ち止まる。僕と白野さんは二人共、数歩先に進まされ、慌てて振り向いた。

「わたしこっちなので」

そう言って溝田さんは方向転換し、丁度右に伸びていた分かれ道へ足を踏み出した。

「あ、僕もそっちの道だったー」なんて白々と言っていいものかどうか僕が考えたときだ。

「待って！」と白野さんが叫び、溝田さんの手を掴んだ。

しかし、溝田さんはかなり早足で進み始めていた。白野さんの手もしっかりと掴めていなかったようで、するりと解けてしまう。結局、逃げるように離れていく一年生女子の後ろ姿を、僕ら二人で眺める形となってしまった。

僕が呆然としていると、突然白野さんに右の手首を掴まれた。

「えっ？　どうしたの⁉」

わけがわからずおろおろしつつ、僕がされるがままに手を差し出していると、白野さんが僕の指先に自分の手の平をこすりつけてきた。なぜか若干湿っている。

「さっき、溝田さんの手、汗で滑ってうまく掴めなかったの。なぜかわからないけれど、溝田さん、異常なほど手汗をかいていたわ」

白野さんがそう言って、僕の手首を握っていた手を離す。

つまり今、僕の人さし指の先についているのは、溝田さんの体液ということだ。

「溝田さんの汗……」

思わず呟いてしまった僕を、白野さんが心底気持ち悪そうに顔を歪めて見てくる。

「なに妄想してるのよ、気色悪い！　変態の欲求を満たすためにやったんじゃないわ！　もう舐めなくていいから洗ってきなさい」

「いや、違うよ、聞いて！　よくうまく体液を取ることができたなって、感心してたんだ。あの状況からだと、今日はもう難しいかなと思ってたから」

僕が本心のままに話すと、白野さんはふんと鼻を鳴らす。

「本当にたまたまよ。何か役立つことがわかればいいけれど」

その言葉を受け、僕は人さし指を口に運んだ。舌の先にちょんと置く。


『ダメ。また誰かを巻きこむわけにはいかない――』


僕はその心の声を、できるだけ脳内で聞こえた通り発声して白野さんにも伝えた。それは聞いただけで胸がドキリとするような、非常に切羽詰まった声音だった。

巻きこむとはどういうことだろう。

白野さんは腕を組みながら顎を指で挟んだ。久しぶりに見るポーズだ。

「なんだか複雑な事情がありそうね。でもまぁもう少し、彼女のことを知らないと、か」

その白野さんの考えには、全面的に同意だった。今はまだ、その心の声の意味はわからない。だが、ターゲットは帰ってしまったし、時間的にも捜査の続きは明日になるだろう。

「かなり、印象を悪くしてしまったかもしれないわね」

溝田さんが去っていった道の先に目を細めながら、白野さんが呟いた。

最悪、僕らのイメージはいくら下がってもいい。三城が関わっていることだけはバレないようにしなければ、と僕は思った。

＊

翌日の放課後、僕らはまた屋上に集まっていた。

秋が深まっており、開けた空は高く感じる。冷たい空気は上空まで澄み渡っている。

「今日も溝田さんのところへ行くのか？」

僕と白野さんは屋上の中央に向かい合って立っていた。今日は一旦集合場所としてこの場にきただけで、机や椅子の準備はしていない。

屋上にきた際、当たり前のように彼女に近づいていったが、二人だとやはり意識されてしまうようで、さっと距離を取られてしまった。

「いえ。昨日の今日というのもあるし、あまりつき纏いすぎるのもよくないでしょう。今日は他で彼女のことを調査したいわ。普段、教室ではどんな感じなのか。一年生に聞きこみをしましょう」

とりあえず人の多そうな体育館方面へ行こうということになり、僕らは移動を始める。

渡り廊下を歩く途中、僕は斜め前を行く白野さんに声をかけた。

「体育館行くなら食堂の近くも通るし、飲み物でも買っていく？」

自分の喉が渇いていたというのもあるし、また能力にヤクルトやペットボトルが必要になるかもしれない。そう思って訊ねたのだが、彼女からの返事がなかった。

「……白野さん？」僕はもう一度、大きめに声をかける。

「えっ？　あ、何かしら」

すると、ハッと気づいたように立ち止まり、白野さんが振り返った。

「や、食堂に寄って飲み物買っていかないかなって」

「あ、あー。そうね。行きましょう」

白野さんらしくない、少しぼーっとしていたようだった。

「どうしたの？」僕は気になって訊ねる。

「いえ、大丈夫。行きましょう、私も丁度おしるこが飲みたかったから」

しかし、白野さんは簡単に取り繕って、何事もなかったかのように歩き始める。その顔色がいつもより青白いことに、僕は今気づいた。

「……ちょっと疲れてる？」

「ん？　そんなことないわよ。考えごとしてただけ」

その考えごとというのがまた、心配なのだ。自殺について悩んでいたのだろうか。ずっとそんなことばかり考えていると、疲れも溜まってくるだろう。

こうして恋解部の活動をしている間も安心できない。

僕は距離を離されないよう、彼女の背中を追いかけた。

食堂で飲み物を買って外に出たとき、運動場へ下りる段差に見知った顔が腰かけているのを見つけた。

「あれ、達町さんじゃない？」

ショートボブの金髪に、指先まですっぽり覆うピンクの袖のカーディガン。そのギャルっぽい見た目をした彼女は、以前、恋解部が恋の悩みを解決した達町千華だった。

達町は隣に座る女子と楽しげに話しながら、運動場を眺めている。

白野さんが顔を突き出し、目を細めて言う。

「あの一緒にいる子、見覚えがないわ。二年生じゃないわね。一年生かしら」

「あー。この時間だと、一緒にいるのは茶道部の部員の可能性が高いな。だとすると、三年はもう引退してるから一年じゃないか？」

達町と一緒にいる子も、これまたギャルっぽい格好をしており、どうも確信を持って下級生と言いにくい。笑いながらローファーの足をぱたぱた動かしている。腰まであるさらさらの茶髪。少し身体が横を向いており、ブラウスのボタンが上から二つ開けられているのがわかる。リボンは普段からつけていないのか。

「一年生だとしたら丁度いいわ。こういう噂話なら、女子に聞いた方がいいでしょう」

確かに、女子のことは女子同士のコミュニティの方が生々しい噂話をしていそうだ。

白野さんは僕の先に立ち、達町たちへと近づいていった。

「しばらくぶりね、達町さん」

白野さんの声に、二人は座ったまま顔を上げる。

「お、白野じゃん！　おひさ。どしたの？」

突然の登場にも特に戸惑うことなく、達町が軽い調子で言う。その横ではもう一人の女子が、「え、白野って、あの白野さん」と驚いている。さすが有名人だ。さんづけするということは、後輩で間違いないだろう。

「いえ、たまたま見かけたから。あなたこそ何してるの？」

「あたしは、この子がハンド部に好きな男がいるって言うから、どんな人か見にきてんの」

そう言って、達町は後輩女子の頭をぽんぽんと柔らかく叩く。

「そうなのね。また悩みがあれば、いつでもどうぞ」

「あはは。悩みなんてない恋愛がしてみたいもんだけどね。普通に恋してると、毎日心の浮き沈みが激しくて疲れちゃう。でもまぁ、それが恋愛なのかな」

酸いも甘いも経験した、とまでは言わないが、達町も前の彼氏といろいろあったのだ。悟ったような口ぶりも納得できた。

「それで、あんたたちは今日もそのお悩み相談活動？」

達町がちらと僕の方へ視線を飛ばしてくる。白野さんが頷いた。

「そう。それで、一年生に少し聞きたいことがあって」

その場の三人に目を向けられて、後輩女子が慌てたように自分を指さした。

「え、う、うちに？」

「らしいよ。答えてやんなよ」達町が軽く後押ししてくれる。

「は、はい。うちにわかることならいいですけど」

「ええ、わかる範囲で構わないわ。一年の溝田志乃実さんのこと、教えてほしいの」

白野さんの言葉に、後輩女子は「あー」と声を伸ばし、立てた人さし指を口元に当てた。

「あの暴力女ですか。クラスが違うので、噂でしか知らないですが」

「暴力女？」

その不穏なワードに、僕は思わず聞き返した。白野さんも眉を顰めている。

「はい。あの子、結構大人しめな子なんですけど割と美人系で、入学した頃はモテてたんです。だけど、みんなすぐに手を引いていって。なぜかと言うとですね、大介《だいすけ》っていう不良っぽい男子がいるんですけど、そいつが溝田を狙うって宣言して。それでしょっちゅう溝田につき纏うようになったんですよ」

「うわー、なんかそいつ嫌な感じだねー」

後輩女子の話に、達町も食いついている。後輩女子は「でもですね」と話を続ける。

「多分大介、告白までしたんですよ。確か夏前くらいですね。学校の外の公園で、溝田に迫ってるところを目撃されてるんです。それでその次の日、大介が登校してきたんですけど、その顔がなんとケガだらけで。ずっとつき纏われてた溝田が反撃したんですよ」

「それで暴力女か」

僕が呟くと、後輩女子が頷く。

「待って、それって噂なのよね？　本人がそう言っているの？」と、白野さんが訊ねる。

「大介が、溝田さんにやられたって言ってるらしいですよ。突然のことで、まさか殴ってくるとも思わず、よけれなかったって。だけど、いくら俺でも女には手は上げねぇとかなんとか、かっこつけてるらしいです」

溝田さん、気の強そうな一面もあると思っていたが、男子にケガを負わせた過去があったとは、と僕は驚く。

白野さんは「ふーん」と何やら考えるように声を伸ばした。

「公園でその男子が溝田さんに迫るところは目撃されていて、溝田さんが暴力を振るう瞬間は誰も見ていないのね」

「え、それは……そうですね」一瞬思い返すように視線を斜め上に向け、後輩女子は頷く。

「そう。ところで、溝田さんが一年生の間でいじめられているという話を聞いたのだけど」

白野さんがそう話を続けた。

「あー、そうですね。うちはそんなことしてないですけど、暴力女をからかって怒らせてみようっていうのが、流行ってる時期がありました。大介の友達が始めたんですけど、だんだんエスカレートしていってましたね。今はもうみんな飽きてやめましたけど」

そういうことだったのか。三城が話していたイジメの、裏事情が明らかとなった。

「それにはその大介という男はノータッチだったの？」

「はい。さすがにもう関わりたくなかったんじゃないですか？　それに、女には手を出さないと宣言しておいて、姑息な仕返しのようないじめはしないでしょう」

「なるほど……」

白野さんが短く言って、目線を落として顎を指で挟む。「一年の間にもいろいろあんだねー」と達町が感想を口にした。

「貴重なお話、ありがとう」しばらくして顔を上げた白野さんが後輩女子にお礼を述べる。

「あ、いえいえ、とんでもないです。お役に立てたならよかったです」

「それでね、最後にもう一つ、教えてもらえないかしら」

「もう一つ？」

後輩女子が首を傾げる。僕も特に他の質問が思い浮かばず、白野さんの顔を見た。

「ええ。最後にね、その大介って男が今どこにいるか、知らないかしら」

「あー、大介……。ちょい待ってくださいね、友達に訊いてみます」

後輩女子はブレザーの内ポケットからスマホを取り出し、慣れた手つきで操作しだす。

その間、白野さんが僕のそばにより、かすかな声で耳打ちしてきた。

「今の話の真相、大介くんの胸の内の真実を探りにいきましょう」

どうやら彼女はもう、次の企みを思いついているようだった。

＊

後輩女子に調べてもらったところ、大介——谷本大介《たにもとだいすけ》は放課後だいたい、駅前のショッピングセンターのフードコートで溜まっているとのことだった。大介の顔写真を見せてもらい、何かあったときのため達町と白野さんが連絡先を交換して、僕と白野さんはさっそく学校を出て大介を捜しに向かった。

ショッピングセンターは夕方のタイムセール目当ての主婦や授業終わりの学生で非常に混雑していた。僕と白野さんはその中で、自分たちと同じ制服を着た生徒を捜しながらフードコートへと入っていく。

すると右奥のソファ席で思いおもいに腰かけ、複数で溜まっている鯉園高校の生徒が目に留まった。みんなシャツの裾をズボンから出し、中にはブレザーの中にパーカーを着こんだ生徒もいる。髪の色や喋り声の大きさからも、素行の悪い連中が集っているとわかる。

捜してみると、案の定その中に大介の姿もあった。

「行くわよ」そんな合図を一言残し、白野さんがその集団に突撃しようとする。

「待ってまって。そんないきなり突っこんで、なんか策はあるの？」

僕は慌てて白野さんを呼び止めた。一年とはいえ、あんな不良っぽい連中へ丸腰で絡みにいくと、面倒なことになるのが目に見えている。

「問題ないわ、ちょっと彼一人に話を聞かせてもらうだけよ」

白野さんはそう言って、ずんずんと歩いていった。

本当に大丈夫なのだろうか。何かあったら身体を張ってでも彼女を守らねば、と、僕は急いで彼女に追いつく。

大介は手前のソファに、友人二人に挟まれて座っていた。

「谷本大介、くん。話があるの。悪いけれど、少しこちらへきてくれないかしら」

白野さんは堂々と彼らの前に立ち、声をかける。

「あん、お姉さん誰ー？　なんかどっかで見たことあるんですけど」

大介の手前に座る男子が、こちらを見上げながら言った。赤髪でキツネ目の彼は、ソファに腰かけるというよりは背をかけており、今にもずり落ちそうな体勢だ。

「あなたには関係ないわ。私は隣の彼に用事があるの」

「なんだよ――」と、大介が鬱陶しげに言って腰を上げようとしたとき、先に手前の赤髪が立ち上がって白野さんに身体を近づけた。

「あぁ？　関係ないだぁ？　俺とこいつはダチなんだよ。用事ってなんだ？　俺たち遊んでるとこなんだ。邪魔する気？」

「ちょ、タイムタイム。僕ら、ほんとにちょっと訊きたいことがあっただけで」

僕は横から二人の間に半身をねじこむ。

「だから、大介に訊きたいことってなんだ？　おぉん？」

赤髪が僕の顔を舐め回すように見て、顎を突き出してすごんできた。お構いなしに、白野さんは話を続ける。

「ここで話してもいいなら、そうするわ。溝田さんの件なのだけど」

白野さんのその言葉に、赤髪が「ああ？　溝田？」と威圧的な声で言う。その肩に、ぽんと手が置かれた。

「おい、なんのことだよ。わりぃ、ちょっと向こうで話つけてくるわ」

前半は白野さんに、後半は赤髪に向けられた言葉だった。大介が赤髪を制しながら、若干焦ったように前に出てくる。ソファとテーブルの隙間を抜ける際、テーブルの脚につま先を引っかけて躓きそうになっていた。

仲間の前で、溝田さんの話をされるのを嫌がっている。後輩女子から得た情報通りだ。そして白野さんは今、それを弱みとして利用している。

「それじゃあ、あっちでいいかしら」

白野さんがフードコートの入口辺りを指し示す。それに応じて大介が、「おう」と進行方向に顎をしゃくった。赤髪から僕たちを早く引き離したいらしい。

僕らは不良の溜まり場から最も遠い、入口脇のテーブルに移動した。

「で、なんだよ、いきなりきて。お前ら誰だよ」

横向きに椅子に座ってテーブルに腕を置き、大介が言う。

「私たちは恋解部、世に溢れる恋の悩みを解決しているの。谷本大介くん、あなた、溝田さんのことが好きだそうね。その悩み、聞かせてもらえないかしら」

どうやって話を振るのだろうと思っていたが、白野さんは恋解部の悩み相談として話を聞き出すつもりのようだった。

「はぁ？　俺が溝田のことを？　んなわけねぇだろ！　あー、変な噂が流れてるみてぇだけど、あれガセだからな」大介が食いかかるような勢いで言ってくる。

「恥ずかしがらなくていいわ。人類、誰しも一度は他人に好意を抱くもの。それに溝田さん、美人だし。本当に好きなら、我慢できずつき纏ってしまうこともあるでしょう」

「恥ずかしがってねぇし！　そもそも全部間違ってるよ！　俺は別に溝田のことなんか好きじゃねぇ！」

白野さんの煽りに、大介はますます激しく否定した。喚く彼の口から、たくさん唾が飛んでくる。僕は腕に飛んできて付着した大きめの一滴に、こっそりと指で触れた。大介にバレないよう、さり気なく指先を口に運ぶ。

『好きなんかじゃねぇ。ただちょっと意地になっちまっただけで――』

「……本心は、ちょっと意地になってたってところかな」

僕はぽつりと、彼の心の声を口にした。白野さんに伝えるためだ。

「そういうことね。別にそこまで好きではないけれど、話しかけているのを無視されるうちにムキになってきたって感じかしら。でもそれで、あなたはきっちり告白までした」

白野さんは僕の意図を察してくれたようだ。大介は驚きと焦りの混じったような表情で僕らを見回す。

「だけど、断られて、つき纏っていた復讐までされた。あなたはケガをした顔で登校することになった。間違いない？」

「間違いだ！　断られたわけじゃ――ゴホゴホッ」

テーブルをドンと拳で叩き、そう言った大介は、白熱しすぎて咳きこんでしまう。白野さんが鞄から食堂で買っておいたお茶のペットボトルを取り出し、大介に渡した。

「間違いっていうのは、ケガの方も？　本当は別の人にやられたの？」

お茶を一口飲んだ大介が、ペットボトルから口を離す。

「け、ケガは溝田にやられた！　油断してたところ、いきなりガツンだ」

「それは素手で？」

「え、えっと、そうだな。思ったより力が強くて――」

「本当に？」白野さんはしつこく鎌をかけていく。

「な、なんだよ。本当だって」

対して大介の様子は明らかにおかしかった。落ち着かないように、細かくペットボトルを傾けて少しずつお茶を飲む。

「ふーん。そう」

白野さんはどこか含みのある声で言う。そういえば、先程後輩女子と話していたときも、白野さんは溝田さんの暴力シーンの目撃情報がないことを質問して確認していた。初めから、溝田さんが男子にケガを負わせたというのを疑っていたらしい。

僕がただただ、その話を鵜呑みにして驚いていただけだったのに対し……。

僕が若干、自己嫌悪に陥りかけていたとき、目の前で大介が立ち上がった。

「恋解部？　もう話はねぇな？　俺、戻るぞ」

仲間のもとへ帰ろうとする彼の背中に、白野さんが声をかける。

「待ちなさい。そのお茶、あなたが咽せていたから一口あげただけよ。置いていきなさい」

大介が面倒くさそうに戻ってきて、テーブルにどんとペットボトルを叩きつけた。

「お前らもあんまり変な噂流すんじゃねぇぞ。今の話とか、他でしてるの見かけたらぶち殺すからな」

そう言い残し、大介は離れていく。白野さんは涼しい顔でそれを見送り、机の上のペットボトルを持って僕に差し出してきた。

「さて、よろしく」

結局今回も、白野さんにここまで任せてしまった。ほしい情報のこもった体液を、手に入れる作業。それが自分でできないと、意味がないのに。

そんなことを考えながら、僕はペットボトルの蓋を開ける。

その白い飲み口を一旦眺めてから、顔をペットボトルに近づけて舌で舐めた。

『男のことは話せねぇ。今度は殺されちまう』

「殺される？」びっくりして、脳内の声を繰り返し発声してしまった。

「何それ、どんな内容が聞こえてきたの？」

そう訊ねてくる白野さんに、読み取れた情報を全て話す。

「話せないということは、口止めでもされているのか。あの不良がビビるほどの相手……。

溝田さんも心の声で、『また誰かを巻きこむわけにはいかない』と言っていたわね」

「第三者が存在している？」

「おそらくそうなのだけど……」白野さんは小さく唸って考えこむ。「さっきの不良は、溝田さんにつき纏っていてケガを負わされた。そんなことをするのは、例えば……彼氏？」

「溝田さんに彼氏？」

「例えばの話よ。昨日帰り道で、上河くんが溝田さんに近づいた際、彼女、周りを窺うような仕草をしていたでしょう。覚えている？」

「あっ、それは僕も気になった。この状況を誰かに見られてないか、確認するような」

「そう。そのとき考えていたの。溝田さん、校外に彼氏がいるのかもって。他の男性と一緒にいるのを見られ揉めごとを起こしたくない――巻きこみたくないという意味かもって」

なるほど、と僕は思う。白野さんのその推理は、三城がフラれた理由までしっかり説明できている。校外に恋人がいるからつき合えないということだ。

「『また誰かを――』の『また』は、大介との一件を指してたわけだね。でも、だとしたら溝田さんの彼氏、そうとうヤバい人なんじゃ。大介が殺されるってビビるくらいだぞ？まぁ彼氏からしたら、彼女に別の男がつき纏ってたら怒って当然だろうけど……」

「わからないわね。彼氏というのもあくまで予想段階だし。でも、あなたの能力で得られた心の声から、溝田さんの方もその男を危険に感じているのは確かだわ……」

新しい手掛かりに捜査が進展するかと思いきや、なんだか不穏な空気が漂い始めた。知ってはいけない、踏み入ってはいけない方向へ進んでいるような。

三城がフラれた理由の裏には、いったいどんな人物が関わっているのか。

白野さんがちらりとスマホを確認した。それから指ですいすいと画面を操作しだす。

「探るべきは溝田さんではなく、彼女の周りの人物ね。まだ時間があるし、行くわよ」

そう言って席を立つ白野さんの目は、すでに遠くに見える店の出口へと向けられていた。

*

本当に女子の情報ネットワークは凄まじいと思う。

先程白野さんがスマホを確認した際、達町からメッセージが届いていたらしい。その内容は、溝田さんの住んでいるアパートの場所だった。

後輩女子と話す中で、溝田さんの家がわかるか訊ねたところ、知っている人がいないか訊いてみますと言ってくれていたのだ。そして彼女の友達に、溝田さんのアパートの近所に住んでいるという人がおり、達町経由でその住所とアパート名が送られてきた。部屋番号まではわからないとのことだが、十分個人情報がだだ漏れである。

そして、僕と白野さんはさっそくそのアパートへ向かい、張りこみを開始していた。

溝田さんの住むアパートは、うら寂しい住宅街の中心辺りにあった。駅と学校の中間くらいにあたる場所だ。二階建てで部屋が横に四つ並ぶ、古びた外観のアパートだった。

時刻は午後五時半だ。陽はもうほとんど沈んでおり、西の空が残照で高い彩度の赤に染まっている。辺りが明るい間から待っていたが、まだ溝田さんは現れない。

僕と白野さんは、アパートの斜め前にある低層レジデンスマンションの玄関植こみの裏に隠れていた。植こみの葉は全て落ちており、どちらかというと幅一メートルほどの大きな鉢の下に身を潜めている。

「結構小さめのアパートね。何人暮らしなのかしら」

「うーん。部屋番号がわかれば、灯りから誰かいるかわかるんだけど」

僕と白野さんは隣り合う植こみの鉢を一つずつ使う形で隠れており、近すぎず遠すぎずの距離で会話をする。以前、豊北を尾行したこともあるし、恋解部の活動がなんだか探偵じみてきている。達町と豊北のときは、やっていることも浮気調査だった。

僕は少しだけ顔を出し、左右に延びる道の先に目を凝らす。右、左、もう一度右。

「まだ早い時間だけど、人通りが少ないね。街灯もぽつぽつとしか立ってなくて、薄暗い」

「一応、一本裏道に入っているから、この筋に住む人しか通らないのではないかしら。女性一人だと危ないかもしれないわね。変態ってどこに潜んでいるかわからないから」

白野さんがちらりと僕を見てくる。

「まぁ、女性に対する探究心が以上に強い困った輩がたまにいるからね。問題は、もし出会ってしまったときどうすればいいかだけど」

「とにかく走って逃げるしかないんじゃないかしら。だけどこの道、一本道だし。変態なら全力で追いかけてきかねない……」

そう言って、白野さんが再び横を向いて僕の方を見てくる。

「僕は全力ダッシュで女子を追いかけるような変態じゃないよ！」

「あれ、違ったかしら」

白、もとい黒野さんはふっと一瞬だけ悪戯っぽく笑う。その間も、視線は道路の方へ向けられたままだ。

それにしても、本当に暗がりが多く、いつ変質者が出てもおかしくないような道である。

もし溝田さんが毎日一人で家に帰っているとしたら、中々危なそうだ。

僕がそんなことを考えていたときだった。

「きたわよ」白野さんがかすかな声で言った。

見れば、僕から見て右手の道の先から、女子らしき人影が近づいてきている。だんだん距離が縮まり、やがてその人影が溝田さんで間違いないとわかる。

溝田さんは左腕にスーパーの袋を提げていた。いつものように猫に餌をやったあと、買い物をしてきたのだろう。それが日課だとしたら、毎日帰ってくるのはこの時間か。

「一人か……」

隣で白野さんが呟いている。きっと存在が予想される彼氏や、あるいは別の男性と一緒であることを期待していたのだろう。

溝田さんはこちらに気づくことなく、アパートの敷地内へ入っていく。鉄板の音を響かせながら階段をのぼり、二階の廊下を一番奥の扉の前まで歩いていった。鞄の外ポケットから鍵を取り出し、そして部屋に入っていく。扉の横にある窓にパッと灯りが点いた。

「家には誰もいなかったのかな。ちょっと待ってたら帰ってくるかもだけど」

僕の中ではその言葉はそれで完結のつもりだったが、白野さんが「いえ」と口にした。

「彼女が持っていたスーパーの袋の中身、透けて見えていたでしょう？　弁当が一つ入っていた。一人暮らしか、もしくは親の帰りが大分遅いか。ちょっと待つくらいでは、居住者構成まで掴むのは難しいと思うわ」

「袋の中身なんて見てなかったよ。……なるほど」

「観察力がまだまだね。ま、そんなに長い時間ここに隠れているわけにもいかないし、今日はこのくらいにしておきましょうか」

そう白野さんが言って、僕らは本日の調査を終えることにした。

この調査がきっかけで、事件が動きだすとは思いもせずに――。

＊

翌日、木曜日。登校してきた白野さんの顔色は、さらに悪くなっていた。血の気が引いたように青白く、目の下には濃いクマができている。昨日、彼女がふとしたときにぼーっとしていたことを思い出す。その後、生きいきと調査に乗り出していたので、あまり深く気に留めていなかった。

他のクラスメイトに「どうしたの？」や「大丈夫？」などと心配されても、白野さんは「ありがとう、問題ないわ」と答えていた。しかし、どうしても直接訊ねておきたく、僕は二時間目の移動教室帰りに渡り廊下で声をかけた。

「ねぇ、どうしたの？　体調でも悪い？」

いきなり後ろから話しかけたからか、白野さんはびくっと肩を上げて立ち止まり、振り返った。大きくなった黒い瞳に僕を映し、力を抜くようにため息をつく。

「別に。少し寝不足なだけ。……心配はいらないわ」

「寝不足？　どうして？」

「何よ。別にどうでもいいでしょう？　恋解部の活動も大変だけれど、授業の予習復習だって休めないの」

話は終わりとばかりに、白野さんは前を向いて歩きだす。

本当に勉強？　何かに悩んで眠れなかったのでは？　例えば、自殺のこととか。それとも、恋人と会っていたとか？

考えれば考えるほど、居ても立ってもいられないような気分になってくる。しかし、どうしてもそれを口に出して訊ねることはできなかった。きっと誤魔化されるだけだろうし、ようやくよくなりつつある彼女との関係をここでこじらせたくない。

ただ、このまま放っておくこともできない。

どうにか彼女の秘密も探らなければ、そう考えながら、僕は少し離れて彼女に続いた。

それは教室まで戻ってきたときのことだ。

扉の前で不自然に白野さんが立ち止まった。何やら前方に視線を向けていることに気づき、僕も白野さんの背中から顔を覗かせる。

そこにいたのは溝田さんだった。視線をうろうろ彷徨わせて歩きながら、僕らのクラスの隣の教室の窓に近づいて、中を覗いてみたりしている。

どうして二年の教室に!?　用があるとしたら三城だろうか。それとも他に知り合いが？

そんな僕の疑問は、すぐに解消されることとなる。

隣の教室に捜し人がいなかったのか、溝田さんが窓から離れた。再び歩き始め、そこで僕と白野さんの存在に気づいたようだった。ぱっと背筋を伸ばしたかと思うと、つかつかとこちらに歩み寄ってくる。僕は急に胸騒ぎを覚えた。

「一日ぶりね。こんなところで、どうかしたの?」

この状況に動揺していないのか、それとも冷静を装っているのか、至って落ち着いた声音で白野さんが訊ねた。

「これ……」

僕らの前までできた溝田さんが、ブレザーのポケットから何かを取り出す。大きくて元々ポケットから少しはみ出していたそれは、一枚の写真だった。

「なんのためにこんなことをしてるの?」

写真に写っていたのは、植こみの鉢の裏に隠れながら、腰を浮かして前方を窺おうとする男女の後ろ姿。完全に昨日の僕と白野さんだった。

こんなもの、いつの間に撮られていたのか。全く気がつかなかった。隠し撮りだろ、なんて文句は言えるはずない。これはつまり、僕らの張りこみがバレていたということだ。

溝田さんはどうやら僕らに用があったみたいだった。

罪の証拠を突きつけられ、僕は言葉に窮する。

「へぇ。これは何?」

そこで強気な反応を見せたのは、白野さんだ。相手の質問に質問で返した。

「見てわかるはず。わたしの家の前に隠れる、あなたたち」

溝田さんは一歩も引かず白野さんの顔を見つめる。

白野さんは扉の前から一歩ずれたところに移動し、おもむろに腕を組んだ。

「それはそうね。だけど、どうやってあなたはこの写真を手に入れたの？」

その通りだ、と僕は思う。こんな写真、どうやって撮ったのか。溝田さんは黙ってこちらを睨むだけで何も答えない。代わりに白野さんが続けて口を動かす。

「写真の通り、わたしたちはあなたの家の前に張りこんでいた。そして、あなたがアパートの前の道へ、角を曲がって入ってくるところからしっかり見させてもらっていた。真っ直ぐアパートの敷地に入り、階段を上がって自分の部屋に消えていったあなたには、この角度から私たちの写真を撮ることは絶対にできない」

僕たちが隠れている間、植こみがあるマンションの敷地に入ってくる者はいなかった。よって、僕たちの写真を撮った人は、マンションの裏から入って表にわざわざ回ってきたか、元々マンションにいたかのどちらかとなる。その誰かが、溝田さんと繋がっていた。

「この写真、誰に撮ってもらったの？」

白野さんが再び訊ねたとき、溝田さんが狂ったように叫んだ。

「もうこんなことはやめて！　絶対！」

「しっ」白野さんが人さし指を立て、抵抗の暇を与えず溝田さんの口元に当てる。「みんなの行き来する廊下で、声が大きいわ。落ち着いて」そう言いながら、ゆっくりと指を離した。

そんな二人の様子を、僕は何もできずに眺めていた。すると、突っ立っている僕の前に、白野さんの手が伸びてきた。白野さんは溝田さんと対峙したまま、後ろ手で僕の手首を摑み、そして、指で僕の手の甲に何かを擦りつけた。生温かい湿り気が、手の甲に残る。

僕はハッと気づいた。白野さんが先程、わざわざ人さし指で溝田さんの口を塞ぐというアクションをした意味。白野さんはどさくさに紛れ、指で唾液を採ったのだろう。このタイミングで溝田さんの本心を聞けるのは、かなり大きい。

しかし、直接指を相手の口へ運ぶとは。なんて方法を考え、実行してしまうんだ、と僕は衝撃を受ける。

対して僕は、まだ自分の能力を活かせるようなことは何もできていない。

しかし、今は落ちこむ暇はなかった。白野さんの作戦を僕が無駄にしてしまうわけにはいかない。溝田さんの体液が乾かないうちに、僕は手の甲で口を拭うフリをして、彼女の体液に舌をつけた。

『これ以上は本当に危険。わたしに関わっちゃダメ――』

口からは発せられなかったその鬼気迫る声音は、僕の脳内に痛切に訴えかけてきた。深刻なその心の声を、僕は白野さんに耳打ちする。

先程の大声のせいか溝田さんは肩で息をしつつ、僕らの様子を不審げな目で見ていた。

「あなたが言った、『やめて』の意味だけど。それってもしかして私たちのためなの？」

白野さんは真っ直ぐ溝田さんの目を見ながら訊ねる。溝田さんは答えない。

「だけど、もしかして……本当に困っているのはあなたの方ではないのかしら」

わたしに関わっちゃダメ――。僕はその言葉から、溝田さんが相手を案じながらも、どこか自分を犠牲にしているような印象を受けた。白野さんも同じ感想を持ったのだろう。

「迫ってきた男子にケガを負わせたのも、あなたではないのでしょう？　あなたは暴力女なんかではない」

白野さんは優しい声音で、しかし鋭い部分を突いていく。

「ねぇ、大丈夫？　あなたの背後にいるのは、何者なの――？」

溝田さんが僕らに背を向けた。ぱらぱらと集まっていた見物人の間を縫うように、早足で廊下を歩いていく。

「待って！」白野さんが溝田さんの後を追おうと一歩踏み出す。

しかし、次の瞬間、その身体がぐらりと横に揺れた。

「ちょ！」

僕の目の前で、白野さんが膝から崩れる。僕は慌てて彼女の脇に手を差し入れた。重力に逆らう力が残っていないようで、彼女は僕に支えられながら床にぺたんとへたりこんだ。

「どうしたの？　大丈夫？」

「……ごめんなさい。ちょっと立ち眩みが」

その短い会話の間に、周囲を人に取り囲まれる。主に同じクラスの女子たちだ。

「えっ！　白野さん⁉　どうしたの？」

「ちょっと！　早く保健室！」

「先生呼んできた方がいいんじゃない？」

騒ぎの波が広がっていく。同時に、休み時間の終わりを告げるチャイムが鳴り響いた。

雑踏の中、たくさんの声と音が混ざり合い、全てが騒音に聞こえる。この喧騒を制する元気は今の白野さんにはないようで、ぐったり床に座ったまま手を額に当てている。人が集まる中、少しでも安心できる環境を作ろうと、僕は彼女の後ろに張りついていた。

数分後、授業にきた教師に勧められ、白野さんは保健委員につき添われ保健室に行った。

その日はもう、白野さんが教室に姿を見せることはなかった。

＊

昼休み、白野さんから体調不良で早退するというメッセージが届いた。

彼女が実のところどういう状況にあるのか、僕にはさっぱりわからない。

溝田さんに関する気になる情報が集まり、白野さんのことだからきっと捜査にあたりたいはず。そんなタイミングで帰るということは、本当に体調が悪いのか。

「大丈夫か?」と送信すると、「心配しないで」とすぐに返信があった。

心配せずにはいられないが、だからと言ってどうすることもできない。今の僕には、彼女の悩みをわかってあげることすらできていない。

彼女のために僕ができること。そう考えて唯一思い当たったのが、恋解部の活動だった。彼女がいない間も、解決に向けて少しでも状況を進展させておきたい。

しかし、捜査はいつも彼女が主導となっていた。しばし思案してみるが、どう行動するべきか、僕一人ではさっぱり見当がつかない。使うべきは僕の能力のはずなのに。改めて、白野さんに頼りすぎていたのを実感する。情けなさが押し寄せてくる。

今日の放課後、何をすればいいのか、僕が頭を悩ませていたときだった。

「なぁ、上河」

前の席に座りながら振り返った三城が、そう声をかけてきた。かなり神妙な面持ちだ。

「溝田さんは、何か困ってるのか？」

「……廊下での話、聞いてたの？」

「ああ。丁度教室に戻ってきたとき、溝田さんと上河たちが何か話してるのが見えて。それで近づいたら会話が聞こえて」

気づかなかった。溝田さんとのやり取りに夢中で、周囲に集まっている人にまで気が回っていなかった。

「溝田さんの背後にいる何者かって、なんなんだ？」

三城が続けて訊いてくる。どうやら核心に迫る会話はほとんど聞かれていたらしい。

「それは……」

溝田さんを困らせている男性のことなんて、まだ何一つわかっていないに等しい。その存在が裏づけられ始めたところだ。

「なぁ、頼む、教えてくれ」

三城が僕を見てくる。とても力のこもった目だ。しかしその瞳の奥は、不安げに揺れていた。きっと溝田さんのことが心配なのだろう。

一度フラれても、大切に想う気持ちは変わっていないようだ。

「……わかった」

三城には、どの道いずれ話すことになるのだ。ならば問題ないだろう。そう判断し、僕は昼休みいっぱいを使って彼に途中経過を話した。溝田さんに迫っていた不良男子がケガをしたことや、僕らが初め少し強引にいきすぎて溝田さんにひかれていること、白野さんが溝田さんの彼氏の存在を推理していること、など。

三城は机に視線を落とし、深刻そうな表情で聞いていた。僕が話し終えると、しばし間を置いて「なるほど」と呟いた。

「そんなことがあったのか」

「……うん」

「そうか……」

しばらく目を瞑り、考えこんでいた三城が顔を上げた。何かを決心したような真っ直ぐな目つきだった。

「放課後、溝田さんのところに行こうと思う。上河もつき合ってくれないか?」

こうして僕の、恋解部としての本日の行動が決定した。

確実に溝田さんと会うため、僕と三城は放課後になるとすぐに裏庭へと向かった。

「バスケ部はいいの?」

「ああ。急用でサボると伝えてるからな」

「サボるって。そこは休むでいいんじゃないの?」

そんなことを話しながら、まだ人のいない裏庭を北校舎の壁沿いに進んでいく。溝田さんの餌やりスポットより奥へ行き、隠れて待とうというのが三城の提案だった。

夕陽に変わる直前の太陽が、背後の空で白く発光している。昇降口や運動場の喧騒はここまで届かず、風が木々の枝を揺らす音が心地よく耳に入ってくる。そんな裏庭を、三城はどこか懐かしそうに見回しながら進む。きっと溝田さんとすごした日々の情景を思い浮かべているのだろう。

三城には何やら考えがあるようだった。内容は訊いても教えてもらえず、僕はとにかく様子を見ようと彼につき添っていた。能力を使うタイミングは、常に探り続けるつもりだ。

「お前こそ、白野さんのお見舞いはいいのか？」

二人して校舎の柱のでっぱりに身を潜める間、三城が訊いてきた。

「ああ。本人に大丈夫って言われるし、だいたい家も知らないし」

「ふーん。まぁ、白野さんのお見舞いに家へ行くって言ったら、多くの男子に嫉妬されるだろうな。中には実力行使で止めにくる奴もいるかもしれない」

「あー、だろうね。今日の廊下での一件以来、ただでさえクラスの男たちに敵意の目を向けられてるのに」

白野さんが廊下でへたりこむ間、ずっと彼女の後ろにひっついていた。恋解部で僕と白野さんが一緒に行動しているという噂は広まっていたが、ここまで距離の近い関係になっているとはみんな思っていなかったのだろう。しかもそれを目の前で見せられ、ざわつかないはずがない。男たちはみんな殺気立っていた。

今回のはアクシデントで、実際はむしろ距離を置かれている方なのだが。

「帰り、夜道には気をつけろよ」三城がなんだか怖いことを言ってくる。

僕はその冗談に突っこみを入れようとして、しかしすぐに口を噤んだ。

丁度ターゲットが、校舎の角から姿を現したのだ。

溝田さんは以前と同じ木の下で、猫の餌の準備を始める。お皿に餌が盛られると、黒猫のゴロ太が茂みから出てくる。そこまで待ってから、三城も隠れていた柱から出ていった。

「よぉ、久しぶりだな」

三城が声をかけると、ゴロ太を撫でていた溝田さんは反射的に背筋を伸ばし、バッと振り返る。三城の姿を見て目を見開き、その後ろにいる僕の顔を見て今度は眉を顰める。

溝田さんが何も言わないうちに、三城は軽い調子で続ける。

「ちょっと今日は話さなきゃいけないことがあってさ。お前に内緒で、してたこと」

「……内緒でしてた？」溝田さんの目元がぴくりと動く。

「ああ。最近、突然お前に二人の上級生が絡んできたと思うが――」

三城はちらりと僕を目で示し、それからいきなり溝田さんに頭を下げた。

「すまん！　こいつと白野さんにお前のことを探ってくれと頼んだの、俺なんだ！」

僕は思わず息を呑んだ。溝田さんの反応を見ると、彼女も驚いたように瞳を大きくして垂れ下がる三城のウェーブ髪を見ている。

「俺、お前に告白して、フラれただろ？　どうしてもその理由が知りたくてさ。やっぱりそれがわからないと、いつまでも考え続けて引きずっちまう。次に進めない。吹っきれない。だけど、もう直接は訊き辛かったから、二人に頼んだんだ」

溝田さんの視線がもう一度、ちらりと僕に向く。

三城はこうして溝田さんに説明するため、この場に僕をつれてきたのか。そう考えながら、僕も溝田さんに頭を下げた。三城に相談をするよう持ちかけたのは僕の方なのだ。いきなり近づいてしつこく質問をしたり、家の前で張りこんだりしたのも悪かったと思う。

約一〇秒後、三城が頭を上げた。溝田さんから返事がないまま、話を進める。

「二人に探ってもらったが、どうしてフラれたのかはまだわからない。だけど代わりに、お前の秘密が一つ明らかになった。……お前、困ってるのか？」

溝田さんは黙ったままだ。しかし、しゃがんだまま逃げだす様子もない。僕と白野さんは彼女と話していて、もう二度逃げられている。

「困ったときは言えって約束しただろ？　助けに行くからって」

フラれたことなど全く感じさせない強気な口調で、三城は溝田さんに話す。複雑な心中だろうが、僕にはそれが虚勢だとは思えなかった。三城は本気で、相談をしてこなかった溝田さんに怒っているようだった。

「別に、困ってない」

「嘘だろ。じゃあ、お前の背後にいる男って誰だ？　上河と白野さんの写真を撮ったのは？お前につき纏ってた男子にケガを負わせたのは？」

「……知らない。あなたには関係ない」溝田さんは顔を横に逸らす。

とても冷たい言葉だが、溝田さんの声はどこか申し訳なさそうに聞こえた。

三城は構わず続ける。

「お前が一人で何かに悩んでるところなんて見たくないって言っただろ？　だから、何かあったら教えてほしいって。そう言ったらお前は頷いてくれたはずだ」

「それは、あなたがしつこかったから」

「そうかもしれない。でもそれなら、俺がどのくらいしつこいかは知ってるだろ？　初めてお前に話しかけたとき。部活で先輩と揉めたとき。そんでもって、バスケの試合」

そこまで言って、三城はにやりと笑った。引き下がるつもりはない、と言うように。

溝田さんはまた口を噤んでしまう。どうすれば三城から逃れられるか考えているのか、それとも諦めるしかないと覚悟を決めようとしているのか。これがどんな意味の間か、僕にはわからなかった。

やがて、溝田さんがちらりと三城を窺い見るように顔を上げた。三城は優しく笑って頷きかける。溝田さんは何かを我慢するように小さく唇を嚙みながら、こくっと顎を下げた。

三城と溝田さんの関係。そのとき僕はそれを、ようやく正確に感じ取ることができた気がした。それが恋愛感情かはわからないが、溝田さんはかなり三城に心を開いている。それは三城が仲よくなろうと、こつこつと毎日接し続けた結果だろう。

三城の告白に対し、溝田さんは決して嫌いだからフッたわけではない。フラなければならない理由があったのだ。そう考えると、じわりと胸が熱くなった。

そして今、溝田さんは頷いた。本当は彼女もずっと、助けを求めたかったのだろう。

「上河」三城が僕の名前を呼んで、顎で自分の隣を示してくる。

溝田さんと話してくれということだろうと察し、僕は三城の横へ進み出た。溝田さんも立ち上がり、ゴロ太が彼女の足にまとわりついてごろごろと喉を鳴らす。

「よかったら教えてください。溝田さんは今、誰か男の人に困るようなことをされている」

溝田さんがこくりと頷く。

「その男の人は、彼氏ですか？」

「違う」

即答だった。彼氏ではないのか。しかし、だとしたらいったい？

「それってなんだ、ストーカーとか？」

三城がそう言うと、溝田さんは難しそうに顔を傾けながらも頷く。

「知らない人ってこと？」

その僕の言葉には、溝田さんはこくこく首を縦に振った。

不良男子の大介とは別の人物にもつき纏われていたということか。ただその相手の正体は、被害に遭っている本人もわからない。

「警察には相談したの？」

「してない……」

溝田さんはまた少し俯き加減になる。そのとき三城がぱんと手を叩いた。

「よし、よーくわかった！　お前がどういう状況にあるか」

やけに明るい声である。溝田さんを元気づけようとしているのか。もしくは溝田さんが悩みを打ち明けてくれたのが嬉しいのか。

そういえば、謎の男が彼氏ではないなら三城は恋のライバルに敗れたわけではないということだ。もしかすると、その問題を解決すれば三城の恋路は明るく開けるかもしれない。

「でも、なんでずっと黙ってたんだよ」

三城が溝田さんの顔を覗きこんで訊ねる。

「相談すべきかわからなかったから……」

「なんでも話せって言っただろ」

「わたしにそこまで被害があったわけでもないし……」

溝田さんは三城相手には長いセリフも話す。

彼女の言葉からすると、これまで特に直接的な被害はなかったようだ。しかし周囲に謎の男性の手が及ぶのが、だんだん怖くなってきたというところか。

そこで僕は、ん？　と思う。なんだか彼女の言葉には、別の、うまく言い表せない違和感がある。

僕が妙な引っかかりを解消しようと脳を回転させている間、三城が言った。

「それじゃあ、その男とやらの正体を暴きにいきますか！」

そして、溝田さんに向かって片腕でガッツポーズをして見せる。

溝田さんもこくりと頷き、僕らは謎の男性と直接対峙するよう動きだすこととなった。

＊

溝田さんが言うには、ストーカーに遭っていると気づいたのは高校に入ってすぐの頃だそうだ。外を歩いていると、たまに視線を感じるようになった。家にいてふと窓の外を見ると、電柱の陰に男が立っている。サングラスとマスクをしていたり、フードを目深にかぶっていたりして顔は見たことがない。

「溝田さんは一人暮らしなの？」

三城と溝田さんと共に校門をくぐりながら、僕は訊ねる。溝田さんは首肯した。

元々伯父さんの家で暮らしていたが高校から一人暮らしを始めたそうだ、と三城が教えてくれる。理由はわからないが両親はいないらしいという耳打ちも受けた。

大介がボコボコにされた件は、最初、何があったのかわからなかったらしい。大介に家の近くの公園で恋人関係になるよう迫られ、なんとか逃げた翌日、登校してみると彼が顔や身体にケガを負っていた。それがストーカーの仕業だとわかったのは、放課後、家に帰ったときだった。郵便受けに一枚の手紙が入っていたのだ。

『害虫は退治したよ、安心してね』と手紙にはマジックペンの濃い筆跡で書かれていた。

「カーテンの隙間から見ると、男が道からこっちを見てた。あの男の手紙だと直感した」

話を聞いていて、僕は思わずぞくりとする。

今日、休み時間に見た僕や白野さんの写っている写真も、昨日郵便受けに入っていたそう。『この二人は誰？　友達？　害虫？』と書かれた手紙と一緒に、だ。

僕と白野さんが隠れている間、男も同じように溝田さんの部屋を狙って潜んでいたのかもしれない。男の姿を見ていないことと、写真や手紙の準備も必要なことから、手紙を入れたのは夜遅くのことだろう。

「本当に誰にも相談してないのか？　伯父さんとか警察とか」

そう三城が訊ねると、溝田さんは首を縦に振った。

「心配かけられないし……」

ただでさえ一人暮らしで心配させているのに、といったところだろうか。だが、ストーカーに遭っているこの状況まで一人で耐え忍ばなければならないのか、と僕は疑問に思う。

「そうか……。じゃあまぁ、とりあえず行くか！」

三城が切り替えるように言って、僕らは学校の前の通りを溝田さんの住むアパートの方向へ歩き始める。溝田さんの家へ行き待っていれば、ストーカー男の方から現れてくれるだろうという考えだった。

僕は周回の警戒を強めながら、溝田さんの家へ、二人の後ろを歩いていった。


特にトラブルや進展なく溝田さんの家に着くと、僕はなんだか急にそわそわとしてきた。ドアを支えた溝田さんに迎え入れられ、僕はおずおずと玄関に足を踏み入れる。それは僕にとって初めての、女子の部屋だった。

こざっぱりとした、物の少ない部屋だ。六畳ほどの畳の室内に、ローテーブル、座椅子、ヒーターが置かれている。布団はいちいち押入れに出し入れしているようで、左手の棚には液晶テレビと小型の置時計が並んでいた。

「綺麗にしてるもんだなぁ」

三城も僕と同じで落ち着きなくきょろきょろ視線を彷徨わせている。やはり好きな人の部屋というのはいろいろ気になってしまうものなのだろう。

溝田さんは僕と三城に湯呑でお茶を出してくれた。晩ご飯について訊ねると、作り置きしているおでんを食べるそうだ。

三城がカーテンをつまみ、隙間を作って外を窺いだす。だんだん部屋が暗くなり始め、溝田さんが蛍光灯のスイッチを入れた。

やがて窓の外が真っ暗になっても、ストーカーらしき男の姿は見られなかった。

「そいつは毎日現れるのか？」三城が窓際で振り返り、溝田さんに訊ねる。

「毎日じゃない。でも、どこかに隠れてるかもしれない」

今もこちらから見えない位置で見られているかもしれないということか。

女子が一人でいる部屋を、ずっと知らない誰かに監視されている。そこまで被害があったわけではないと溝田さんは言っていたが、客観的に見るとかなり危ない状況だろう。

「怖かっただろ？　知らない人に見張られてるなんて。誰にも相談しないなら、存在を消して家の中に隠れてるしかない」

三城は問いかけのつもりで言っているようだったが、溝田さんは何も答えない。

僕は部屋の中を改めて見回した。ヒーターはあるがエアコンがなく、部屋にこもる空気は冷たい。ぬいぐるみやクッションなど、女の子の部屋にありそうなものも一つもなく、寒々しい部屋だ。こんな室内で彼女は一人、恐怖に震えていたのだろうか。

しかし、彼女はようやくその状況を誰かに打ち明けることができた。それはきっと、三城の熱意が伝わったからだろう。ならば僕は、絶対にこの問題を解決に繋げなければと思う。暗礁に乗り上げている二人の恋も、一緒にだ。

白野さんに頼らず、僕の力でなんとかしてみたい。

ところで、なぜ溝田さんは一人暮らしをしているのだろう。両親がいないという話は三城から聞いたが、中学生の頃は伯父の家に住んでいたとのことだ。それなのに、なぜわざわざ別段珍しい科があるわけでもない公立高校に入学して、一人で暮らしているのか。

さり気なく訊きだす方法はないかと、僕が考えていたときである。

突如、静かな室内に、ガタン、と金属音交じりの派手な衝撃音が響き渡った。

僕ら三人はびっくりして、音のした玄関の方を振り向く。

開けっ放しの居間の引き戸の向こう、暗い玄関と扉が見える。鍵はしっかり閉めたはずだ。いったいなんだ？　そう思った僕は、衝撃の光景に目を見張る。

玄関の扉に直接備えつけられている郵便受け。その蓋が開き、そこから手が生えていた。

扉の向こうから腕を突っこんでいるのだろう。ごつごつと骨ばった男の手だ。そしてその手には、スマホが握られている。

次の瞬間、カシャッとシャッターの音がした。

写真、だろうか。間を置かず、男の手のスマホからもう一度シャッター音がする。

どうやらその男は室内の様子を写真に収めようとしているようだった。真正のストーカーだ。僕は身震いしそうになる。

「こいつ！」

呆然としていた三城が、我に返ったように短く言った。同じタイミングで、ガタガタと音を立てて男の手が引っこめられる。

「お前はここにいろ！」

そう溝田さんに言って、三城が急いで扉に走り寄った。僕も遅れてその後に続く。扉の向こうでは階段を駆け下りていく音がする。

三城がチェーンロックを外すのに手間取り、扉を開けて飛び出したときには、男はアパートの前の道を走りだしていた。廊下の手すりに摑まって、僕は男の姿を目に焼きつけようとする。しかし、上下とも闇に紛れる黒い服を身につけており、特徴がつかめない。

三回続けて、階段の鉄板を踏み鳴らす大きな音がした。

そちらに目を向けると、いつの間にか階下へ移動した三城がアパートの門へ向けて走りだしている。持ち前の運動神経で、ほぼ飛び降りる勢いで階段を下りたらしい。バスケ部のエースは風のようなスピードで、黒ずくめの男を追いかけていく。

三城なら逃げる男を止められる。

そう思った僕は慌てて手すりから離れ、階段を一段ずつ駆け下りて彼らの後を追った。

街灯がぽつぽつと灯る、人気のない住宅街を疾走する。前方に見える一つ目の角で、三城が左に曲がった。彼を見失っていないことを祈りながら、僕もその角を曲がる。すると、一五メートルほど先の左手に、街灯に照らされた公園の入口が見えた。その公園の中から、三城が叫ぶ声が聞こえた。

「おら、逃がさねぇぞ！　てめぇがストーカーか！」

よし、と思いながら、僕も公園に飛びこむ。三城が相手にタックルしたのか、下半身にしがみつくような形で男を地面に倒して捕まえていた。

男は真っ黒なダウンを羽織り、中に着ているパーカーのフードをかぶっている。鼻の上までマフラーを巻いて、顔を隠している。

「おい、面を見せろ！」

三城が手を伸ばし、男のマフラーを剝ぎ取ろうとした。しかし先に、男が上半身を捻りながらダウンの内側に手を入れる。再び出てきた手には、折り畳み式のナイフが握られていた。手首のひと振りで刃が開かれ、街灯の灯りを受けて鈍く光る。

「っつ！」

男の下半身にまたがっていた三城が、反射的に飛び退った。すぐに起き上がった男が、三城に飛びかかる。

「や、やめろ！」

咄嗟のことに身体が硬直した僕は、少し遅れて叫んだ。危ない。追い詰められて反撃に出た男は、何をするかわからない。

三城が押し倒されながら、男の腹を蹴り上げる。男は体勢を崩しながらも、勢いのまま三城にのしかかった。右手でナイフを振り上げる。

そのとき、なんとか走りだしていた僕は、無我夢中で男の身体に体当たりした。唯一、ずっと目を離さずに狙いを定めていた、ナイフを持つ男の右手を、両手でがっしりと摑む。この手だけは自由にしてはいけない。すると男が暴れ始めた。空いているもう一方の手で、僕の頭を殴りつけてくる。

「上河、危ない！　やめとけ！」男と、それから僕の下敷きになりながら、三城が叫ぶ。

それでも僕は男の手首を離さなかった。そして、この状況の打開策を考えていた。今、僕にできることは何か。

「あんたたち！　そこで何してるの！」

公園の入口の方から、甲高い女性の声が聞こえてきた。きっと通行人が公園で暴れる三人を異様に思ったのだろう。

その女性の声に反応するように、男が今度はナイフを持つ手をでたらめに振り回し始めた。僕は全力でその手首に爪を立てる。しかし、それも無理やり振り解かれて、僕は地面に引き倒された。男の皮膚を削り取る感覚が指先に残った。

男はナイフを構えながら立ち上がり、数歩後退ったかと思うと、回れ右して全力で逃げ始めた。人目のある中、僕や三城に危害を加えるのは得策ではないと判断したのだろう。

僕らの方も、凶器を持つ相手をしつこく追うことはしなかった。地面に倒れていてすぐに動けなかったというのもある。

公園に入ってきたおばさんに、不審者に襲われていたことを説明する。詳しい事情は伏せ、今から警察に行くと言って誤魔化す。

そしてその間、僕は自分の手の指先に目を落とした。爪の間が真っ赤に染まっている。

作戦通りだ。

最近、僕はさまざまな状況で能力を使う妄想をするようになっていた。どんなときでも、今ならどんな手段で相手のどの体液を得られるか考える。いわゆるイメージトレーニングだ。僕は少しずつ、自分の能力と向き合うようになっていた。

ナイフを持つ手を抑えながら、僕はどうにかして男の情報を得てやろうと思った。すると、トレーニングの成果かすぐに一つの手段を思いついた。僕は体液——血を手に入れるため、思いっきり彼の皮膚に爪を立てた。

おばさんが何度も振り返りながら、公園を出ていく。それを見送りながら、僕は指先を口に運んだ。鉄っぽい味が舌の上で広がる。

『くそっ、くそっ！　ボクのしのちゃんに近づきやがって！』

男の思考が脳内に流れこんできた。

しのちゃん。確か溝田さんの下の名前は志乃実だったはず。やはりあの男はストーカーで間違いない。そう僕が考えていたときだ。

「二人共、大丈夫……」

溝田さんが恐る恐るといったふうに公園を覗きこみ、こちらへ近づいてきた。

「お前、部屋にいろって言っただろ！」三城が語気を強めて言う。

「中々戻ってこなかったし、大きな声がしたから」

申し訳なさそうに声のトーンを落としながらも、溝田さんは絶えず辺りを見回している。

「ストーカーはもう逃げたよ。それより、一つ訊きたいことがあるんだけど」

僕は溝田さんに声をかける。能力のことは話せない。以前、白野さんがやっていた方法を思い出し、それを使うことにする。

「しのちゃん……。溝田さんのことをこう呼ぶ男の人に心当たりない？　さっき犯人が小さく呟いてたんだ。『くそっ、くそっ、ボクのしのちゃんに近づきやがって』って」

三城が驚いた顔を僕に向け、それから溝田さんに注目する。

「……知らない」と、溝田さんはか細い声で答えた。

「本当に？　何か思い当たることはない？　なんでもいいんだ」

僕が続けて訊くも、溝田さんは首を横に振る。しかしその顔は真っ青に染まっていた。

「本当に、知らない」

溝田さんは両腕をクロスして自分の肩を抱きながら、その場に蹲った。明らかに様子がおかしいことに僕は気づく。いつの間にか小さな身体は怯えるように小刻みに震えている。もっと言葉を選んだ方がよかっただろうか。見ず知らずの相手に『ボクのしのちゃん』なんて呼ばれていると知れば、誰でも気持ちが悪くなるだろう。

「これはさすがに警察に行こう。心配をかけたくない、なんて言ってる場合じゃない」

三城が溝田さんのそばでしゃがみながら、そう提案した。しかし、溝田さんは何度も首を横に振る。「なんで――」と三城が言いかけたとき、溝田さんが「うっ」と声を上げて手で口を覆った。咄嗟に三城から顔を逸らし、激しく嘔吐する。

その日、ストーカー男はもう現れなかった。

しばらくして落ち着いた溝田さんを、僕らは家まで送った。休みたいと訴える彼女に、絶対に戸締りを怠らないよう念を押し、僕と三城は彼女の家を後にする。

「明日の朝、俺、溝田さんを迎えにいって一緒に登校する。ほんとは今日だって帰りたくなかった。せめて警察に相談してくれれば……。かと言って、俺たちだけで勝手に話しに行くのも……」

三城は歩きながら、ずっと地面を睨んでいる。溝田さんのことが心配なのか。それとも、もっと強く彼女を説得すればよかったと後悔しているのか。

「そうだね。一緒に登校はいいと思う。家の中ならまだしも、外で一人は危険だし。けど、三城も十分危ないから。また狙われる可能性はかなり高い。気をつけて」

僕の言葉に、三城は「……ああ」と神妙に頷いた。

気をつけなければならないのは僕もである。いつまた襲われるかわからない。その日、僕はおっかなびっくり、周囲に警戒の糸を張り巡らせながらなんとか帰宅した。

*

翌朝、目が覚めてスマホを見ると、白野さんから屋上集合のメッセージが届いていた。体調は大丈夫なのだろうか。昨日の遅れを取り戻そうと、無理をしているのかもしれない。しかし、あいにく僕は普段通りの時間に起きていた。断ろうにも、白野さんはもう登校中かもしれない。朝、部活をするとき、彼女はいつも大分前から待っているようなのだ。だいたい、恋解部部長の指令を下っ端の僕が無視することなどできない。

それに、僕から彼女に話したいこともある。

僕は急いで準備をして、家を飛び出した。


「昨日は申し訳なかったわ。寝たらばっちり治ったから、気にしないで」

朝の屋上で僕と会うと、白野さんは開口一番そう口にした。

「ほんとに？　無理はしない方が――」

僕の発言を、白野さんが開いた手を突き出して制止してくる。

「それ以上は言わないで。大丈夫だから。ちょっと疲れが溜まってただけなの」

本当にそうなのだろうか。深刻な何かを一人で溜めこんでるんじゃ――。

そう僕は思うが、声に出して訊ねる前に白野さんが言葉を続けた。

「で、あなたの方こそ。昨日はどうだったの？　何か進展はあった？」

そうだ。今はその報告をしなければならない。

僕は白野さんに昨日の出来事を一から説明していった。最後まで黙って聞いていた白野さんは、「そんなことが」と驚き混じりの声を漏らす。

「大変だったわね。みんな無事でよかった。にしても、咄嗟に出血を狙って動くなんて、中々やるじゃない」

褒められた。胸が内側からぽうっと温かくなる。

「あなたのことだから、もっと変態な方法しか思いつかないと思っていたけれど」

「一言多いよね、ほんと」

まだ変態扱いは続くのか、と僕はかくっと肩を落とす。

「それで、男の心の声と溝田さんの反応に関してだけど——」

白野さんは真面目な調子で言って、少し言葉を選ぶように間を空ける。

「溝田さんが少し怪しい気がするの。まず、犯人に『しのちゃん』とあだ名のような呼ばれ方をされている時点で、どこかで関わりがあったことは確かだと思うの。『ボクのしのちゃん』と言われるくらいだから。だけど溝田さんは、少しの心当たりも話そうとしない」

「そうだね。男がストーカーになったきっかけもあると思うし」

「ええ。それに、溝田さんが吐き気を催すほど嫌悪感を抱きながら、全く解決に動こうとしないのも気になる。ここまで被害に遭っていながら、頑なに警察に相談するのを拒むでしょう? 心配をかけたくないと言っても、何かあったら元も子もないのに。なんだかそれは、あの子が犯人を庇おうとしているように感じられる」

庇おうと、という白野さんの言葉は、とてもしっくりときた。

僕が男の心の声を伝えた際、溝田さんは顔を真っ青にして蹲った。それはその名前の呼ばれ方から、犯人が思い当たったからではないのか。全く身に覚えがなければ、なぜ名前を知られているのかという疑問が生まれるはずである。

しかし相手がわかっても、溝田さんは動こうとしない。なぜ溝田さんは、犯人を庇おうとしているのか。

「彼女は三城くんの方も庇おうとしているわ。自分に接近してストーカー男に目をつけられないよう、告白されてもフるしかなかった」

「やっぱり、三城がフラれたのには外部の男が関係してたわけだ」

「おそらくね。ダメ元で事情を訊いてみましょうか。何か手掛りくらい、摑めるかも」

白野さんのその言葉に僕が頷き、今日も放課後、溝田さんに会いに行くこととなった。


犯人の心当たりについては、溝田さんと一緒に登校した三城も何度か訊いてみたとのことだった。しかし、何も教えてもらえなかったそう。放課後、心配なので部活をサボって一緒に下校するという三城も加え、僕らは三人で裏庭を訪れた。

ゴロ太に餌をやる溝田さんは、目の下にクマを作り、昨日よりやつれて見えた。あまり寝られていないのかもしれない。ずっとストーカーに見られていたときより明らかに調子が悪そうなのは、やはりその正体に気がかりな点があったからではないのだろうか。

「本当に、犯人について何も知らないの？」

「知らない」

「どうして犯人を庇おうとするの？」

「……意味わからない」

「あなた、どうするつもり？　このままずっと誰かに監視されながら生きていくつもり？　そんなのダメだと思うけれど」

「…………」

白野さんがしつこく訊ねていくうちに溝田さんは喋らなくなっていった。質問が全て直球で答え辛いというのもあるだろう。しかし、のんびり世間話をしている余裕もなかった。

溝田さんは足元に視線を落とし、ゴロ太の背中を撫で続ける。三城が白野さんの肩にぽんと手を置きつつ、一歩溝田さんに近づいた。

「俺、帰りもご一緒するぜ。やっぱ一人は危ないからな。あ、晩ご飯どうすんだ？　買い物とかするならスーパー寄って帰るか？」

三城は明るい調子で話しかける。すると、溝田さんががばりと顔を上げた。

「一人でいい。朝から言ってる。危ないのはあなたたちの方」

溝田さんは素早く荷物をまとめ始める。ゴロ太が一声鳴いて、彼女のそばから離れた。

「お、おい。ちょっと待てって」

三城が焦って言うが、溝田さんは立ち上がって逃げるように歩きだす。

危ない。溝田さんのそれは過去にあった大介の例から言っているのだろうか。昨日、目をつけられ、今度は僕らが狙われるという意味か。

「待ちなさい。三城くんの助けを受け入れたのはあなたでしょう。ここで放り出すつもり？」

白野さんが呼び止めようとするが、溝田さんは止まらない。僕らは三人で後を追う。校門を出ると、さらに僕らを引き離そうとするように溝田さんが足を速める。

「どうする？」僕は白野さんの隣に並びながら訊ねる。

「どうしようかしら。結局、この問題を穏便に解決するには溝田さんの協力が必要なのよ。警察や親に相談して、適切に対処してもらうのが一番。さっき彼女が言っていたように、私たちからストーカーに接触するのは危険だわ。だからこの状況も、正直あまりよくない」

白野さんはこのまま溝田さんを追うのに反対のようだった。

しかし、三城が僕らの前を、溝田さんの背中を食い入るように見据えながら歩いていく。溝田さんが心配というのもあったが、どちらかというと三城の勢いに釣られ、僕らは溝田さんの追跡を続けた。その間、頭の中ではこの問題の始末のつけ方を考える。

やがて太い通りから一本裏の人通りの少ない道に入る。溝田さんがスピードを落とす気配はない。夕陽に染まる住宅街の中、僕は数メートル進む度にきょろきょろと辺りを窺ってしまう。路地や電柱の陰からいつあの男が飛び出してくるかわからない。

レンガ塀の角を左に曲がると、溝田さんの住むアパートの屋根が視界に入る。今日はもうこのまま溝田さんを送り届け、解散になるのだろうか。そう、気が緩んだときだった。先程からの悪い予感が的中した。

左手にあった洋風な家の門の内側から、男が一人出てきて僕ら四人の進行方向を塞いだ。

「し、しのちゃん……」

僕らはぎょっとして足を止めた。ストーカーの男だ。服装は昨日と同じだが、今日は明るい分、男の全身をしっかり把握することができる。マフラーとフードの間から、ぎょろりとした目が溝田さんを捉えている。

「しし、しのちゃん、そ、その周りの男たちは誰？　その女がキミに男を近づけたの？　いい、家にもつれこんでいたよね⁉」

震える声で言いながら、ふらりと男がこちらに近づいてくる。

「逃げるわよ！」

白野さんが叫んだ。僕も賛成だ。しかし踵を返そうとして、動きを止める。

先頭にいた溝田さんが、ついてこようとしない。その場に固まり、血の気の失せた顔で地面を見つめ、荒い呼吸を繰り返している。明らかに様子がおかしい。

その溝田さんを庇うように、三城が前に出た。

「お前、これ以上溝田さんに近づくな！　見ろ、怯えてんだろ！」

男は足を止め、挙動不審に視線を散らしながら答える。

「ぼ、ボクが怯えさせてる？　そんなことないよね、しのちゃん。ほら、おいで」

白野さんが溝田さんのそばに寄り、背中に手を当てながら男を見据えた。

「あなた、溝田さんのストーカーよね？」

「すす、ストーカー？　笑わせるな。ぼぼ、ボクはしのちゃんを見守っているだけだ。変な虫が寄ってこないように」男の声が甲高く裏返る。

「私たちが変な虫？　ただの友達よ？　それよりあなた、これ以上溝田さんにつき纏うようなら警察に通報するわ」

そんな白野さんのセリフの間、僕は男がダウンの内側へ手を伸ばすのを見逃さなかった。

僕は咄嗟に白野さんの腕を引く。男が昨日と同じナイフを取り出した。

「おおおお前はうるさいんだ！　黙ってろ！　ししっ、しのちゃん？　ほら、こっち。昨日さ、あの人になんて言ったの？　とにかく、一緒にどこかへ消えよう？」

言いながら、男がまた一歩こちらに近づいた。その言葉の意味がわからず、僕は頭の中で首を捻る。あの人とは誰のことだ？　消えるとは、この場からということか？　震える男の声は、どこか焦っているようにも聞こえる。

僕の脳内が疑問で渦巻く中、目の前で溝田さんがその場に崩れるようにしゃがみこんだ。

ひゅーひゅーと呼吸音がおかしくなっている。

まずい。これでは逃げられない。僕は男から隠すように白野さんを背中に庇う。

「これ以上近づくなと言っただろ！」

三城が勇敢に手を広げ、男の前に立ち塞がった。肩にかけていた鞄がドサッと落ちる。

「こここの害虫が！　お前らはしのちゃんにとっていけない存在。元々しのちゃんに近づいていいのはボクだけなんだ。どけっ！　し、しのちゃんから離れろ！」

男がナイフを突き出し、三城の懐に駆けこんでくる。

「三城！」僕は思わず叫んでいた。

二人の接触は一瞬だった。近くにいた僕にも何が起こったのかすぐに理解できなかった。

男が三城にナイフを突き立てたと思った刹那、男の身体が宙に舞っていたのだ。次にその身体は、勢いよくアスファルトに叩きつけられる。衝撃でナイフが離れた電柱のところまで弾き飛んだ。

三城が男を投げ飛ばしたのだと、僕は遅れて気づいた。それも見事な一本背負いだ。どこでそんな技を習ったのか訊こうとしたが、見ると、三城は背中を丸めて蹲っている。

「お、おい」と、僕が三城に駆け寄ろうとしたときだ。

「うがあぁぁ」と呻き声を上げて身体を起こした男が、地面に手を突きながら白野さんの方へ飛びかかった。

僕は無我夢中に、男の横っ面に持っていた鞄を叩きつけた。中には教科書や水筒、弁当箱が入っている。ヒットした感触があり、白野さんに掴みかかる寸前だった男が横に倒れた。僕は手を止めず、鞄を振り回してぶつけ続ける。

男は頭を抱えて蹲り辺りを見回した。しかしすぐに、たまらないといったふうに逃げだす。きっと周囲に自分の落としたナイフを捜したが、見つけられなかったのだろう。

僕がよろよろと走っていく男を追おうとすると、白野さんに呼び止められた。

「追わなくていいわ！　それよりも三城くんを！」

白野さんはしゃがみこんだ溝田さんに寄り添いながら、同じく蹲る三城の方を目で示す。いつの間にか熱くなっていた頭が、さぁっと冷めていく感じがした。僕は三城に駆け寄る。すると、僕が話しかける前に三城が顔を上げ、にかっと笑みを浮かべた。

「大丈夫、ちょっとナイフがかすっただけだ。夏の大会が終わったあとでよかったよ」

その額には、この寒さなのに髪が張りつくほどの量の汗が滲んでいる。

「……まったく、無茶するなぁ。まぁ、どうしようもない状況だったし、三城のおかげで僕たち助かったけど」

彼の紺のブレザーの脇腹の部分が、他より暗く染まっていることに僕は気づく。地面に血は見られないが、それがどれほどの傷かは判断がつかない。

辺りを見回すと、近所の家から出てきたおばさんが、スマホで電話をかけていた。「はい、救急車」という話し声が聞こえ、一一九番通報してくれているのだと理解する。

「心配すんなよ。それよりお前ら、溝田さんが無事でよかった」

「三城が守ってくれたんだ。一本背負い、なんであんなに綺麗にキメられたの？」

「あー、言ってなかったか？　俺、小学校のとき道場に通って柔道習ってたんだよ」

「え、初耳。ってことは、その頃って坊主だったの？　トレードマークのロン毛は？」

「坊主だよ！　ていうか別にトレードマークでもねぇよ！」

冗談に言い返してくる三城に、僕は安心する。その口調からは余裕もありそうだ。

それでも急に彼の意識が途切れてしまうのが怖く、僕は救急車がくるまで話し続けることにする。だが、僕が口を動かしかけたとき、背後から白野さんの声が聞こえてきた。

「落ち着いた？」

首を回してみれば、激しい呼吸が緩和した溝田さんの顔を、一緒にしゃがんだ白野さんが覗きこんでいるところだった。

「もうすぐ救急車がやってくるわ。そのうち警察もくるでしょう。あなたはきっと事情聴取を受けることになる。ずっと、警察は避けていたみたいだけれど――」

白野さんは溝田さんの肩を抱きながら話す。溝田さんは男が離れてから正気を取り戻したかのように落ち着いていた。

「一人が嫌なら、私もつき添うわ。だから、ちゃんと全部話してほしいの。今回の事件に至る経緯から、犯人のことまで、知っていることは隠さず全て。ケガ人まで出ているの。もうこれ以上引きずらず、しっかりここでケリをつけてほしい」

溝田さんは黙って下を向いている。

「もしあなたが話さなくても、私が特徴を伝えて、犯人はきっと捕まる。予想だけど、恋人でなければあなたの親族なのかしら？　これだけ嫌悪感を示しながらも庇うということは、それほどの関係だと考えられる。まぁ、私は事件解決のためなら警察に協力する」

昨日から、ストーカー男に溝田さんがあだ名で呼ばれているというのは、僕の能力で明らかになっていた。その時点で、間違いなく溝田さんには心当たりがあったはずだが、それでも溝田さんは男のことを一つも明かさなかった。白野さんはその理由を、男が溝田さんの親族だからと推理したらしい。確かに、親族であればいくら嫌悪感を煽られても、社会的に罪を負わせるのは躊躇するかもしれない。

僕の身体の前で、三城が動く気配がした。振り返ると、三城が上半身を起こしている。

「別に、俺のケガなんて気にしなくていいぞ。あの男を庇いたい理由があるのなら、好きにしたらいい。俺も口裏を合わせるさ。白野さんも、上河も」

三城はそう言って、歯を見せて笑った。

白野さんは何か言いかけ、しかし口を噤んでちらりと溝田さんを見る。

僕は黙って辺りを見回した。気づけば野次馬が増えている。最初に現れ救急車を呼んでくれたおばさんは、犯人の姿まで見ていたのだろうか。それにより、三城の思惑が叶うか決まる。僕がそんなことを考えていたとき、静かだった溝田さんが声を発した。

「事情、話します。こんなことになったの、わたしのせい、だと思うから。ちゃんと、話す。三城くん、ごめんなさい」

遠くから、サイレンが聞こえてくる。白野さんがぎゅっと溝田さんの肩を抱き締めた。僕としては、溝田さんがそう決めたのならあとは彼女に任せるだけである。

「わかった。謝るなよ」

そう言って、三城が溝田さんに笑いかけた。

＊

警察が間に入り、溝田さんが全て話す決心をしてくれたことで、今回の事件の全貌は明らかとなった。溝田さんが拙い口調で語る真実を、僕は心の中で整理していく。

ストーカー男の名前は、溝田《みぞた》郁男《いくお》。溝田さんの従兄だった。

溝田さんは幼い頃に両親を亡くし、中学を卒業するまで伯父の家でお世話になっていた。その家には引きこもりの従兄、郁男がいた。歳は今年、二九歳。

大学を卒業してから外に出なくなった郁男は、家の中で会える唯一の女の子、溝田さんを気にするようになっていた。家に住まわせてやっているという意識から横柄な態度を取り、洗濯物の下着を盗んだりお風呂を覗いたりという嫌がらせも毎日のようにしていた。

溝田さんはずっと我慢していた。しかし、丁度一年前、事件は起こった。溝田さんが部屋で着替えをしていたとき、突然入ってきた郁男が、溝田さんを襲ったのだ。溝田さんはぼやかして話したが、どうやら強姦されたようだった。

その後、溝田さんは郁男のことを認識するとパニックを起こすようになった。郁男の姿を見るだけでなく、彼について話すだけでも過呼吸、痺れ、震えなどの症状が出る。加えて男性恐怖症にもなってしまった。僕がそばに寄った際、過度にびくっと反応していたのは、そのせいだったようだ。三城が出会ったばかりの頃も、そうだったと聞いた。

郁男には伯父から、溝田さんへの接近禁止令が出された。しかし郁男には溝田さんに対する所有欲のようなものが生まれていたようで、禁止令が守られることはなかった。伯父は溝田さんに一人暮らしをさせることにした。溝田さんは中学を卒業した三月、郁夫には知らせず家を出た。

しかしそれから三ヶ月ほど経った頃、溝田さんは郁男に見つかってしまった。伯父の家からは離れた町であったが、どこかで情報が漏れたか、捜索されたか。溝田さんはストーカーの存在には気づいていたが、それが従兄の郁男だとは考えもしなかったらしい。まさか家を知られているとは思わなかったことと、郁男が家から出るイメージができなかったこと、それから外に出始めた彼が劇的に痩せていたことが原因だった。

学校で大介がケガを負っており、害虫は退治したよ、との手紙が郵便受けに入っていたときはかなり恐怖を感じたが、同級生からのいじめを除いて特に自分に被害が回ってこないので、気づいていないフリを続けた。伯父にこれ以上、心配をかけたくない。一人暮らしをさせてもらい始めたばかりで、また引っ越しなどという迷惑は絶対にかけたくない。そんな思いから、警察に行くつもりも一切なかった。また、気軽に相談できるような相手もいなかった。

所有欲という話から、郁男は溝田さんに他の男が寄りつかないよう常に監視していたのだろうと僕は思った。そして見ているだけでは済まず、実力行使にも出ている。大介に対しては、殴ったあとナイフでも使って脅したのかもしれない。凶器と狂気をちらつかせ、不良をあそこまでビビらせた。溝田さんが僕と三城を部屋に招き入れたときは、中々帰る気配もなく、部屋の中で何が行われているか気になって郵便受けから写真を撮ろうとしたのではないだろうか。まぁ、本当のところはいずれ警察の捜査で明らかになるだろう。

『くそっ、くそっ！　ボクのしのちゃんに近づきやがって！』

その男の心の声を僕から聞いたとき、溝田さんはその口調からようやく犯人が郁男かもしれないと気づいた。その日のうちに伯父に連絡をし、止めてもらおうとするが、それが却《かえ》って郁男の暴走する原因となる。そして、この事件に繋がってしまった。

そう、溝田さんは語った。これが、今回の事件の真相のようだった。


僕らが溝田さんの口から郁男や彼のストーカー行為のことを聞いたのは、事件の翌日、三城の病室に集まったときだった。

その日も事情聴取を行うとのことで、僕、白野さん、溝田さんの三人は、土曜日にもかかわらず学校に呼び出された。初めて入る校長室でそれぞれ、昨日も語ったはずの事件の経緯をこと細かに訊ねられた。

夕方、ようやく自由になると、僕らは三人で三城の病室を訪れた。

柔らかな日差しが白いカーテンを通して差しこむ窓際のベッドで、三城は横になっていた。僕らに気づくと、ゆっくりとベッドの手すりを使いながら身体を起こす。

そして、そこで僕らは初めて、溝田さんの知る真相を教えてもらったのだった。

「話してくれてありがとう。そんな大変なことになっていたのね。自分は普通にしているだけなのに、他の誰かが傷つけられてしまうというのも、辛いものよね」

溝田さんの話を聞き終えると、白野さんが深く息をついて感想を漏らす。傷つけられた他の誰かとは、大介のことだろう。謎の男による被害者をもう出したくなく、溝田さんは自分を犠牲に一人ですごしていた。その際、彼女はいったいどんな気持ちだったのか。

それに、結局途中で協力の申し出を受け入れてしまい、三城がケガをしてしまった。三城が望んでやったことでもあるが、きっと溝田さんも後悔の念を抱いているだろう。

そう僕が思う間、場がしんみりとしていた。すると、ベッドの上で三城が口を開く。

「これくらい平気へいき。それよりみんなが無事でよかった」

三城の傷は、幸い命にかかわるようなものではなかった。ナイフは脇腹をかすっていたそう。出血はあったが動脈や臓器に損傷は見られず、明日には退院も可能とのことだった。

しかし、郁男がナイフを構えて襲ってきたのは事実だ。彼には殺人未遂の容疑がかかっている。結果として、三城はその身を挺して好きな女の子を守り抜いたのだ。

「みんな、これ、どうぞ飲んでちょうだい」

ベージュの編みこみセーターを着た、優しそうな目元をしたおばさんが病室に入ってきて、僕らに缶のお茶を配ってくれる。病室を訪ねた際、入れ替わりでどこかへ出かけていた三城の母親だ。どうやら僕らのために、売店へ行ってくれていたらしい。

最後の一缶を差し出しながら、三城の母親が溝田さんの耳元へ口を寄せた。

「ウチの子や警察の方から事情は聞いてるわ。あなたは何も気にしないでいいからね」

そう言って、缶の蓋を開けて溝田さんへ手渡す。溝田さんが戸惑うように見つめる前で、三城の母親はふわっと笑って頭を下げ、僕らに気を遣うように病室を出ていった。

三城の母親がいなくなったあと、しばし静かな間があった。僕らは黙ってお茶をすする。そのお茶がなくなる頃、余韻を打ち破るように三城がふーとため息をついた。

「ほんとに、こんなケガはどうでもいいんだ。それよりも、俺が怒ってるのは、どうしてもっと早く誰かに相談しなかったのかってことだ」

「……それは」

「困ったらなんでも言えって言ってただろ」

「そこまで被害があったわけじゃないし……」溝田さんは俯き加減に声を小さくする。

それは先程も聞いたし、以前裏庭でもしたやり取りだった。僕はその溝田さんの言葉を初めて聞いたときから、妙な違和感を覚えていた。

僕はこの引っかかりについて、一人で何度も考えていた。そして浮かんだある仮説について、探りを入れようと思っていた。

僕、いや、僕らは恋愛解決部だ。

僕らには、解決しなければならない問題がもう一つあるはずだ。

「でもショックだなー。相談してほしかったなー」

三城が語尾を伸ばすように言う。その冗談っぽい口調で、彼は続けた。

「今回はこっちから無理やり話を聞きにいったようなもんだしなー。やっぱ、フッた相手にはもう、相談しにくいか」

なんでもないふうに笑いながら言いつつ、ちらりと溝田さんの方を見る。

溝田さんは返答に困っているようだった。なんとも言えない居心地の悪い空気が流れる。

溝田さんは答えを見つけられないようで、誤魔化すようにお茶を口に運んだ。缶の底が次第に上向きになりつつあるのを見て、僕は確信した。

今がチャンスだ！

「ところでさ、溝田さんが三城をフッたのって、ストーカーのせいじゃないよね？」

僕はそう溝田さんに問いかけた。溝田さんが僕に目を向ける。

そして同時に、白野さんも怪訝な視線を僕に向けてきた。

溝田さんがストーカー男から庇おうとしたためと推理している。彼女は三城がフラれた理由を、点もなく、その推理は筋が通っているように思えていた。だから、それをいきなり否定しだした僕の考えを読めずにいるのだろう。

溝田さんは少しだけ間を空けたあと、それを認めるようにかすかに顎を下げた。

「……違う」

やっぱりだ、と僕は内心で頷く。

「じゃあ、どうして？」僕は溝田さんの表情に注意しながら、続けて訊ねる。

三城もベッドの上で彼女を見つめて、次の言葉を待っていた。

「それは……」

溝田さんが三城をちらっと見る。どこか申し訳なさそうに、相手を窺う目つきだった。

気まずさを飲みこもうとするかのように、上を向いて残りのお茶を喉に流しこむ。

そして、こくっと喉を鳴らしてから、唇を動かした。

「……終わりにしたくなかった、から」

溝田さんは踵を返して逃げだした。何台か並ぶベッドの間を抜け、扉の方へ。僕はそのあとを追いかけた。

「ちょ、待ってよ！」

そう言いながら、僕は後ろから彼女の持つお茶の缶を摑む。こちらの能力のことなどわからないのだから、多少無理やり攻めても大丈夫。そう教えてくれたのは白野さんだ。

そのままどさくさに紛れて指で飲み口に触れてやろう。そう思っていたのだが、すぐにでもこの場から離れたいのか、溝田さんはぱっと空の缶から手を離して廊下へ出ていった。

「あっ」

僕は溝田さんの背中に手を伸ばすが、彼女は走って離れていく。無理に追うのはやめておき、僕は振り返って白野さんと三城の方へ足を向けた。そしてその間、後ろ手で缶の飲み口を指で拭う。その指先を、三城に勘づかれないように口へ運ぶ。

溝田さんの秘密の思考が、僕の脳内で再生された。


溝田さんを追いかけると三城に言い、僕と白野さんは病室を後にした。

外は陽が傾き、風が強くなっている。病院の敷地を出て角を一つ曲がったところで、白野さんが立ち止まった。ブレザーの前を合わせるように腕を組み、後ろの僕を振り返る。

「さぁ。聞かせてもらいましょうか。あなたはどうして溝田さんが三城くんをフッたのを、ストーカーのせいではないと思ったの？　それと、その理由を訊かれた溝田さんは、心の中で何を思っていた？　読んだのでしょう？　心の声」

僕は頷いた。それらは全部、訊かれると予想していたことだ。話す準備もできている。謎解きタイム。いつもは白野さんから話すパートを、僕の口から語りだす。

「溝田さんが三城に話した、ストーカーのことを相談しなかった理由。『そこまで被害があったわけじゃないし』と言ってたと思うけど、このセリフ、白野さんが早退した日にも聞いてたんだ。僕はそのとき妙に違和感を覚えて、そのわけをずっと考えてた」

「違和感?」

白野さんは顔の傾きは変えず、眉の角度だけ険しくした。

「うん。被害がなかったから、っていうことは、被害があったら相談したかったたってことでしょ? 三城に告白され、もし溝田さんにつき合う意思があったとして、だけどストーカーの存在のせいで理想の返事ができないとしたら、それは溝田さんにとって十分大きな被害だと思ったんだ」

可能性としてだが僕はそんなことを考えた。そして先程、鎌をかけてみたというわけだ。

白野さんが僕を見ながら息を呑む。

「まぁそれで、もしストーカーの存在がフッた理由じゃなかったとしたら、他の理由があるはずだけど。絶対、溝田さんが三城を嫌ってるってことはないと思ったんだ。僕と三城と二人で裏庭に会いに行ったとき、あんなにたくさん話す溝田さんを初めて見た。溝田さん、三城には心を開いてる」

「それは私も同感よ。嫌いではない。ただ、必ず別のつき合えない理由がある。『終わりにしたくなかった、から』というさっきの彼女の言葉だけど……。つき合い始めて終わりになるものって何？　今の友達関係ということ？　でも、溝田さんも進展を願っているなら、むしろ始まりというべきでしょう？　恋人関係の、始まり」

白野さんの言っていることはよくわかる。

だから僕は率直に、溝田さんがその言葉を発したときに考えていた内容を伝えた。

「『つき合うなんて、終わりに向かうということだから……』」

白野さんは顎を指で挟み、考えこむ。正直、僕もその意味はよくわかっていない。

「終わりに向かう……。そういう考え方もあるか」

数秒後、白野さんはそう呟くように言った。

「どういうこと？」

「こういう話、聞いたことないかしら。高校生の恋愛は続かない。三年もたない、とも言うわね。続くというのは最終的にゴール、結婚を意味しているのであって、まだまだ若い高校生からすると確率が下がるのは必然なのだけど。教室にいると、誰と誰が別れた、なんて話はしょっちゅう聞くわ」

確かにその通りである。僕は「ああ」と相槌を打った。白野さんは続けて口を開く。

「問題は別れたあとね。元の友達に戻れた男女がどのくらいいるかしら。別れたらやがて話すこともなくなるという男女が多いと思うの。そんな例、きっと溝口さんもたくさん見ているはず。別れたら、友達を一人なくす可能性が高い。そうわかっているのに、なぜ、わざわざ終わりに向かってつき合うの？　そんな疑問が彼女の中にあるのではないかしら」

つき合うってなんだろう。ふと僕はそんなことを考えた。

友達同士の二人が、恋人同士に昇格するための儀式。だけど、後戻りはできなくなる。

つき合う前の男女は、今の関係が心地よいと思っていることが多いだろう。しかし、そこからさらなる高みを目指して先に進み、結果その居心地のよさも失ってしまうことがままある。その可能性にはみんな気づいているはずなのに、いざつき合うときはそれを度外視してしまう。今回の場合は、溝田さんがとても思慮深い女の子だったということだ。

「終わりが迫るのを知りつつ、進んでしまうのはなぜなんだろう」

僕は誰にともなく問いかけるように呟いていた。答えてくれるのは、彼女しかいない。

「それが恋、なのよ」

白野さんは髪を耳にかけながら僕から目を逸らし、道の先を眺める。

「どうしても先に進みたくなってしまうのが、恋。なぜ落ちるのか科学的に証明もされていないその不確かなものに、人間は引っ張られて生きてしまう。ただ、わたしはそれでいいと思うの。恋を繰り返す間に人は成長するし、やがていつか運命の人と巡り会ってゴールを迎える。初めの一歩を躊躇っていては、どこへも辿り着けない」

いつか最高の幸せを手に入れることを願って。

僕らは数々の苦み辛みを心の奥にしまいながら、新しい恋に挑んでいく。

「ただ、大抵は終わりを迎えるのが恋だ、なんて言っても溝田さんは納得しないでしょうね。あとはそんな彼女に対しどう接するか、三城くんの想い次第か」

恋解部の部長は愁うような口調で言って、静かに息をついた。

僕らはその後、話し合い、この調査結果を月曜日に三城に話すことにして帰路に就いた。

＊

月曜日、登校してきた三城はすぐにクラスメイトたちに囲まれた。

「おいおい三城、もう大丈夫なのか⁉」「女の子を守るためにストーカーを撃退したんだろ？」「一度死にかけて、だけどその女の子の血をもらって一命を取り留めたってほんと？」「え、そうなの？　俺は三城が浮気して、それが彼女にバレて刺されたって聞いたけど」

さながらヒーローインタビューのように、質問を次々とぶつけられている。大量の尾ひれのついた噂に苦笑いしながら、三城は寄ってくる全員の相手をしていた。

ようやく自分の机に辿り着いた三城に、僕は後ろの席から訊ねる。

「おはよう。身体の方はどう？」

「ああ。激しく動くと痛いけど、普通にしてる分には問題ない。あ、お見舞いありがとな」

三城は鞄を机に置き、手で椅子の背もたれを持って支えにしながら腰を下ろす。破れ、血がついたブレザーは着ず、カッターシャツの上に裏起毛のパーカーという格好だった。

「ほんとによかったね。ナイフの刃、かすっただけで。運がいいんだ」

「いや、実力だからな？　バスケで鍛えた反射神経のおかげでかわせたんだ。努力の賜物ってやつだよ。昔習ってた柔道も役に立った」

「たまたまでしょ、たまたま。最近しょっちゅう部活サボってるくせに」

僕の言葉に、三城が大きく笑う。傷はまだ痛むらしいが、元気そうでほっとした。

だから僕は、安心して三城を誘うことができた。

「ところでさ、放課後ちょっと空いてるかな。今回の調査結果の報告があるんだけど」

三城は一瞬真顔になって僕を見たあと、ふっと頬の筋肉を緩めた。

「ああ、わかった。どうせ部活に行っても見学だからな。聞かせてもらいに行くよ」

こうして僕は、予定通り三城との約束を取りつけた。


放課後の屋上で、僕と白野さんは恋解部の見解を交えながら、現在わかっていることを全て三城に話した。三城は目を伏せて腕を組み、黙って僕らの報告を聞いていた。

全部伝え終えたあとも、彼は一言の感想も述べなかった。唇の隙間から小さく「わかった」とだけ漏らす。その間も、ずっと何やら考えこんでいるようだった。

僕と白野さんは三城の動きを待った。ここから先は、彼の判断に任せるしかない。

三分ほど経った頃、三城が顔を上げた。

「溝田さんのところへ行こう」

僕と白野さんは顔を見合わせ、頷き合う。そして先に歩きだした三城の後を追った。

裏庭では相変わらずいつもの場所で、溝田さんがゴロ太に餌をやっていた。しかし、今日はどこかそわそわしていたよう。僕らが裏庭に入ってくる足音を敏感に聞き取って、まだ離れているうちに振り返る。まるで来客を待っていたみたいだ。

「よお」と三城が軽く右手を上げた。

溝田さんは立ち上がり、三城の脇腹にちらりと目を移す。

「……ケガ、どう？」

「ああ、問題ない。それより、決着をつけにきたぞ」

挨拶もそこそこに、三城がさっそく切りだす。溝田さんはすぐになんのことか察したようで、次の言葉を待つように三城を見つめた。

三城がどう自分の恋する相手に立ち向かうのか、僕は息を呑んで見守る。白野さんもきっと口を挟むなんて野暮なことはしないだろう。

ただ、次の三城の言葉には、思わず驚きの声を上げてしまいそうになった。

「一昨日、去り際に言った『終わりにしたくなかった』の意味だけど。……あれって、お前なりの告白だったんだな」

「なっ……」

まさに不意打ちだったのだろう。突然、自分が告白したと指摘され、溝田さんは言葉を失ったように口をぱくぱくとさせる。

「『終わりにしたくない』。これって、友達関係だとしてもずっと続けていきたいってことだろ？　ずっと一緒にいたいってことだ。それにこれは、先を見た言葉だとも考えられる。『このままでいい』だったら話は別だけど、『終わりにしたくない』は先を見据えて躊躇っている状態だ。一度、俺との未来を考えてくれたってことだ」

三城には珍しい、理詰めの長いセリフだった。一息つき、決心したように言葉を続ける。

「つき合って、終わりに向かってしまうのが怖いのか？」

そう訊ね、三城は溝田さんの顔を覗きこんだ。

足元を吹き抜ける冷たい風で、落ち葉が渦を巻いて転がっていく。遠くから、男子がバカ笑いする声が聞こえ、またすぐに静かになる。

「……怖い」寒さからか鼻を赤くした溝田さんが、かすかに頷いた。

「そうか……」と、三城は安堵したように息をつく。

「いや、よかったよ。告白する前からストーカーのこと相談してもらえてなかったし、どうでもいい存在に思われてたのかな、とか想像してたけど」

「それは違う！」俯きかけていた溝田さんが勢いよく顔を上げる。「助けを求めなかったのは、一人でなんとかしないとって思って。もう伯父さんに世話かけられないし。だから、誰かに話して大事になってもいけないし。それに、もう自立しないとって……」

どうやら溝田さんの「そこまで被害があったわけでもない」発言は、咄嗟に出た言い訳だったようだ。三城の告白を断った件に関しては、ストーカー男とは全く関係なかったわけだが、実際は小さな被害——困ったことがたくさんあったのだろう。溝田さんの言葉を鵜呑みにしすぎていた。

「一人でなんとかって……。そんな、背負いこまなくてもいいじゃないか。もしかして、いじめに黙って耐えてたのも、大事にして心配をかけたくなかったからか？　ずっと一人で、強気な目をして……。誰かに頼るのは決して悪いことじゃない。それに、伯父さんに世話をかけたくなかったら、それも含めて相談してくれたらよかったんだ。俺になら、なんでも話してくれてよかった」

三城が言うと、溝田さんはしゅんと顔を下に向ける。

「いや、別に怒ってるわけじゃないぞ。ていうか、こんな話がしたいんじゃなくて──」

三城はがりがりと頭を掻いた。

「……いいか？　俺、お前をただの友達と思ってない。というか、思えなくなってる」

その気持ちは、僕もなんとなくわかる気がした。異性と二人ですごす時間が長くなると、その相手を少し特別に見てしまうのは自然なことだと思う。これを突き詰めると男女の友情が存在するかという問になり、意見の分かれるところかもしれないが。

「俺はそれを、言葉に出して伝えちまった。もう、止まれないんだ。完全にこっちの勝手だとわかってるけど。だけど絶対、いつか俺はこれを伝えてた。もともと、友達という関係においては、俺たちは終わりに向かってた」

この話を聞いていて、僕はやはり男女の友情は存在しないに一票を投じたくなる。その男女の一方が相手に恋愛感情を抱いてしまうと、もうそこに純粋な友情は存在しなくなる。

三城は髪から手を下ろし姿勢を正して溝田さんを見た。二人の身長差は三〇センチ近い。

「俺、つき合うって挑戦することだと思うんだ。二人で、恋愛のさらなる高みを目指して。協力して、たくさんの障害を乗り越えて」

溝田さんは真っ直ぐ三城の顔を見つめて聞いている。

「それでもし失敗したときは、俺もまた友達に戻れる気がする。一度思いっきり挑戦して、その上で無理だったなら、元の関係に戻れるさ。俺、それだけは確信してる。先輩と揉めてた頃、部活をサボっていろんなところ行ってたけど、裏庭でお前と一緒にいる時間が一番好きだった。なんだかとても落ち着けたんだ。恋愛感情なんて関係なく、お前と一緒にいたい。その証拠に、お前にフラれたあとだって、俺、お前が困ってるって知ったら絶対に助けてやりたいって思ったし」

実際、三城は身体を張って溝田さんを守った。ストーカー問題を解決した。それはつき合うことができなかった、一方的にフラれたあとの出来事だ。それでも三城は溝田さんのことを想って行動していた。

一度つき合うと、相手の嫌な部分も知ってしまい、元の関係には戻れなくなる。そんな話を聞いたことがある。しかし三城なら、そんな問題も軽く突破してしまう気がする。とにかく一緒にいたい、その想いを頼りにして。

三城が小さく咳払いをした。

「まぁ、お前が今の話にどれくらい共感してくれたかわからねぇけど……。俺は二人で挑戦してみたいって思ってる。だから、お前がどう思ってるか、聞かせてほしい」

それは二度目の告白だった。僕は溝田さんに注目する。

溝田さんはゆっくり口を開く。喉から絞り出された声はか細く震えていた。

「わたしも、いろいろ考えた。あなたのおかげで男の人が苦手じゃなくなってきたのは確か。だから、大丈夫かなって。でも、今の関係が変わってしまうと思うと、やっぱりまた不安になって。だけど、それでも――」

そこで、間を空ける。次の言葉を躊躇っているよう。一度、大きく息を吸って、吐いた。

「――わたしも、もう、止まらなくなってる、かも」

溝田さんは三城を見つめ続ける。その目は感情の昂りからか、潤んで赤くなっている。

「よ、よろしくっ」

三城が喜び勇んで勢いよく右手を突き出す。驚いてびくっと身を引きながらも、溝田さんは恐る恐る手を伸ばし、彼の手をしっかりと握り返した。

溝田さんは三城と共に挑戦することを選んだ。その選択を吉とするか凶とするかは自分次第だと思う。そもそもの相性や、この先待ち受ける進学や就職といった転機など、問題は次々と浮上するだろう。だが、お互いの思いやりさえ忘れなければ、きっと越えられる。

太い木の幹の間から、陽の光が丁度二人を照らす。

三城が何も言わず頷きかけると、溝田さんはどこか眩しそうに目を細め、口元を緩めた。まるで世界に祝福されるように金色の夕陽を浴びた二人は、長くながく握手を続けた。

＊

「今日は家まで送ってあげたら？　部活は休むと伝えているんでしょう？」

白野さんが三城に、そんな提案をした。

「あ、ああ。そうだな。変質者はまだどこにいるかわからねぇし」

「ほんとにそうよ。気をつけて」

言って、白野さんが案の定ちらりと僕を見る。いい加減、変態ではないと認めてほしい。

「ああ、任せろ」

三城は僕らの方へ拳を握ってみせてきた。それから鞄を肩にかけ直す。すると隣の溝田さんも、すぐに帰る準備を始めた。

そうして僕と白野さんは、裏庭から三城たちを送り出す流れとなった。

「これにて一件落着、かしら」と、離れていく二人を見送りながら、白野さんが呟く。

「そうだね。いろいろあったけど、なんとか」

ここ一週間、本当にハードだった。だけど文句は言えない。三城たちの恋愛事情に首を突っこんでいったのは僕の方だ。

「……今回はあなたに助けられたわ」

不意に、白野さんの真面目なトーンの声が耳に届いた。僕は驚いて横を見る。

「何言ってるんだよ。僕は全然、何もしてない」

「そんなことないでしょう？　私の知る限り今回二度、能力を使っている。ストーカー男が何者かヒントを掴むときと、溝田さんが本心で何を考えているか探るとき」

「後者はともかく、前者は意味がなかったよ。結局次の日ストーカー男の方から姿を現して、溝田さんの名前を呼び始めたし」

「あの男がそういう動きをしたのは、あなたのおかげでしょう。あなたが男の心を読んで溝田さんに伝えたから、従兄が犯人だと知った溝田さんが伯父に連絡をした。そして伯父に何か言われて焦った従兄が現れて、今回の展開になったというわけ。あなたのこの行動がなかったら、別の日に溝田さんが一人で襲われていたかもしれない。今回の場合は三城くんがケガをすることになったけれど、経過は良好、恋愛の件まで解決できてよかったと言える。まぁ、これは結果論だけれどね」

白野さんがちらりと僕を見て、すぐに視線を前へ戻す。

「私が動けない間もよくやってくれたわ」

胸が震え、顔の奥がぐっと熱くなった。じいんと言葉にできない何かがこみ上げてくる。能力を使って、何かの役に立てるなんて。そんな日が僕にくるなんて。

三城と溝田さんの姿が見えなくなり、僕らも裏庭を離れることにした。校舎の角を曲がると、遠く校門の方にまだ二人の背中が見える。白野さんが立ち止まり、ぽつりと呟いた。

「二人が同じ方向を向いて歩きだす……」

僕も足を止め、身長差のあるカップルを眺める。するとまた白野さんの声が耳に届く。

「やっぱり恋愛はいいものね。隣に支え合える相手がいるって、心強いものだと思うわ」

僕はちらりと横を見る。白野さんは目を優しげに細めて、三城たちの後ろ姿を見ている。

恋愛はいいものね。彼女がそう語る心理とは果たして……。

「この前さ、恋しないのって訊いたとき、したいけれどね、って言ってたよね。ちょっと濁すような感じだった。あれって、なんで？」

「私？」白野さんが穏やかな瞳のまま僕を見てきた。「私は……、恋なんてできないわ」

恋をしたいけれど、できない。なぜ白野さんはそんなことを言うのか。

「にしても、いろいろあって疲れたわね。一応全部片づいたと思うけれど。三城くんの恋も、あとは本人次第だし」と、話を変えるように、白野さんが言う。

「……うん。そうだね……」

白野さんの真意を探る策を考えつつ、僕は曖昧に相槌を打つ。

「ナイフで襲われたのなんて初めてだし、警察の事情聴取も初めての経験だった」

「……ああ」

「……その、一応お礼を言っておくわ。ありがとう」

思考に捕らわれていた僕だが、謎の言葉が鼓膜を揺らし、我に返った。ぎょっとして白野さんを見る。

「な、なんの話？」

白野さんにそんな改まったふうにお礼を言われるなんて。

「ストーカー男に襲われそうになったとき、守ってくれた。まだお礼を言えてなかったから」

「い、いや、そりゃもちろん助けるっていうか。身体が勝手に動いてたっていうか」

白野さんの真剣な調子に、僕はなんだかどぎまぎした答え方になってしまう。

あのときは本当に、身体が反射的に動いていた。だけど、今考えたって、白野さんを助ける以外の選択肢なんて浮かばない。

「白野さんにケガでもされたら困るからさ」と、僕は本心から口にした。

「そう。まぁ、ずっとあなた一人に恋解部は任せられないしね。休むのも一日が限界」

白野さんはふふっと笑って僕を見る。

「そうだよ。だから、もう休んだりしないでよ。……自殺なんて、しないでよ」

心の中の焦りのようなものが、表情に出ていたのだろうか。僕の顔を見た白野さんは、すぐに微笑みを引っこめた。

「自殺なんてしないわよ」

「どうして誤魔化すの？　じゃあ、あの心の声は何？　屋上で泣いてたこともあったよね」

初めてその感情を知ってから、結構な時間が経っていた。その間、ほぼ毎日のように一緒に行動し、それなりに仲を深めてきたと思う。

今なら教えてくれるかも——。そう思ったが、

「それは……、気のせいよ。あなたの勘違い」

白野さんは静かに言って、目を逸らした。

冷たい北風が、僕らの間を吹き抜けていく。

「そ、そんな……」

僕が言いかけたとき、白野さんがさっと踵を返した。

「陽が落ちるわね。そろそろ帰りましょう」

「まっ……」

待ってと手を伸ばしかけ、しかし僕は言葉を呑みこむ。これ以上いくら訊ねても、白野さんは本当のことを教えてくれないだろう。白野さんはそれを頑なに隠そうとする。

でも、だとしたら、僕はどうする。どうすればいい？　どうしたい？　僕にはいったい、何ができる……？

白野さんの姿は遠ざかり、やがて昇降口の方へ見えなくなる。その間、僕は立ち尽くしたまま、一人で考え続けていた。

〈4〉恋のキューピッドの秘密

家に帰っても考え続け、ある決心をつけた翌日だ。

僕は朝、授業が始まる一時間前に登校し、屋上へ上がった。

少し期待していたのだが、白野さんの姿はなかった。僕は朝露に濡れるフェンスに胸からもたれる。しばらく白野さんがよく見ていた景色を眺めてから、身体を乗り出して屋上の縁の向こうを覗きこんだ。中庭の、硬そうな地面が見える。

絶対に飛び降りなんてさせてたまるか。そう僕は心の中で呟き、その場を後にした。

白野さんは授業が始まる一〇分ほど前に教室に入ってきた。自分の席にいた僕は立ち上がり、机に荷物を置いている彼女に近づく。

「おはよう。今日、部活はするよね?」

白野さんが顔を上げ、目が合う。すぐにふいと逸らされた。

「……ええ。活動するわ」

返事の前の反応は微妙だったが、僕はひとまず安心する。

「じゃあ、放課後――」

僕が言うと、白野さんは「ええ」と頷いた。

＊

僅かに開いた屋上の扉から、階段に光の筋が差しこんでいた。階段室の机の上には、彼女の鞄が置かれている。掃除を終える間に、自分の方が後になってしまったらしい。

僕がドアを開けると、フェンスに手をかけて景色を眺めていた彼女が振り向いた。風に遊ばれる横髪を、指ですくって耳にかける。

「遅いじゃない。上河くん」

予想に反し、白野さんはいつも通りの余裕たっぷりな笑みを浮かべていた。

「ごめんごめん。ていうか、白野さんも掃除あったんじゃないの？」

そう僕が訊ねると、

「そんなの適当にちゃちゃっと済ませたわ。あんなの、誰がチェックするわけでもないし。私の班はいつもそんな感じよ」

白野さんはふふっと息を揺らして言う。ここではこう言っているが、白野さんのことだ。実際の場では班員に便乗する形でうまくサボっているのだろうと思った。

「今日はまた、新しい相談者探しからね」と、白野さんがフェンスから離れながら言った。

僕は彼女に近づきつつ、意を決し口を動かす。

「うん。でも、ちょっと待ってよ。先に話があるんだ」

わかりやすく、白野さんが表情を凍らせた。

きっと僕らの間にあった気まずさをなくすため、普段の調子を意識して振る舞っていたのだろう。だけど僕はどうしても、この問題だけはこのままなかったことにはできなかった。

「……話って？」と、白野さんが言う。

「昨日の帰り際のことだよ」

僕は真っ直ぐ白野さんを見ながら答えた。白野さんは僕を見返しながら、何も言わない。

「教えてよ、どうして自殺なんてしようとするの？」

「……だから、それはあなたの勘ちが――」

「どうして秘密にするの？」

思わず声が大きくなっていた。白野さんがびくっと肩を揺らし、口を噤む。

「白野さんならわかってるはずだよ。僕の能力が本物だってこと。間違いはないって」

「……そうね。でも、能力に間違いはなくても、あなたの勘違いはあるでしょう。能力で読んだ心の声が、あなたの脳内で改変された可能性だってあるわ」

「そんなの屁理屈だ」

白野さんはやはり、この件については誤魔化し通すつもりのようだ。

だけど、僕も退くつもりはなかった。

せっかく能力を活かせる場所が見つかったのだ。恋解部。今、部長に死なれては、軌道に乗ってきた部が台なしである。

……いや、違う。

部も大事だが、もっと大切なことがある。昨日、一晩考えたではないか。

僕は、白野さんのことが心配だった。

彼女が何を考えているのか、どんな状況に置かれているのかはわからない。だけど、自殺の方法について考えてしまうほどの何かを背負っているのは確かである。

白野さんがいなくなったらなんて考えると、僕は居ても立ってもいられない気分になる。

嬉しかったのだ。ずっとコンプレックスだった能力を、彼女に認めてもらえて。

自分の汎用性の低い、劣った能力。挙句、気になる女子の気持ちを探るのに使おうとして、見つかって……。

それでも、彼女は僕を必要とし、その上能力をしっかりとした問題の解決に活かしてくれた。変態扱いしながらも、ちゃんと能力の保持者として扱ってくれた。

恋解部に入れてもらい、僕は初めて能力のことを前向きに考えられたのだ。

僕は白野さんに感謝していた。彼女は僕にとって、とても大切な人となっていた。

「どうしても、教えてくれないんだね」と、僕は訊く。

「だから、教える教えないじゃなくて。そもそも何もないのよ」

西の空がオレンジに染まっている。僕の正面では、彼女の長い髪が斜陽を受けてキラキラと光っていた。やっぱり彼女は美しい。……好きだ。

――もうやるしかない。

僕は腕を上げ、白野さんの口へと指を伸ばす。体液さえ、手に入れば――。だが、手首をぱしっと掴まれる。

「わお、危ない。とうとう直接的手段に出たわね」

白野さんの声は無視して、僕は反対の手も伸ばす。しかし、こちらもまたがっしりと掴まれた。白野さん、反射神経もいい。

「あなた、そんなに私の唾液がほしいの？」

「うん、ほしいよ。キミのことがさ、心配なんだ。大切なんだ！」

白野さんの口元が固まる。返事はなかった。彼女は表情を曇らせ、小さく唇を噛む。

僕にとって白野さんは大切な存在だ。僕は両手首を掴まれたまま、彼女の顔をじっと見つめる。初めは半径一メートル以内に入ることも許されなかった。だけどいつの間にか、こんなに距離が縮まっている。

「な、何よ」

白野さんが気まずそうに視線を逸らした。

僕は、僕の恋のために、彼女を助ける。そう決心したのだ。チャンスは今しかない。

——行くぞ！

僕は手首を捻り、白野さんの両手を掴み返す。彼女が驚いてこちらを見た。僕は瞼を閉じ、彼女の唇に自分の口を近づける。

「教えて。白野さんの秘密——」

そう言って、僕は白野さんにキスをした。

歯がごつっと当たったけれど、初めてだから仕方ない。すぐに唇のクッションの柔らかい感触に包まれて、ちょっぴり甘い味がした。瞬間、白野さんの思考が流れこんでくる。

『言えない。私が小説を書いていることは。絶対――』

唇が離れる。

「なっ、なっ、何を――」

目を開けると、白野さんが真っ赤な顔で僕を見ていた。しかし、その瞳はぐるぐると泳いでいて、焦点が合っていない。

キス、してしまった。ファーストキスだ。白野さんはどうなんだろう。それよりも、怒っているだろうか。さまざまな疑問が急に熱を持った脳内を巡っていく。

しかし、そんなキスの余韻に浸っている暇はない。

「小説？」と、僕は思わず呟く。

白野さんは口元に手の甲を当てながら、小さく言った。

「……やり方がズルいわよ」

＊

「絶対に知られたくなかったのだけど、私、小説を書いているのよ」

「それって、プロってこと？」

「一冊だけ、出版しているわ。恋にまつわる話の短編集なのだけど」

「えっ、本当に？　めちゃくちゃすごいじゃないか」

「別に……」白野さんは一つ、深い息をつく。「このこと、誰にも言わないでね。覆面作家でやっているから」

秘密という言葉で揺さぶりをかけて、能力で思考を読んだところ、驚きの事実に辿り着いてしまった。まさか白野さんが小説を書いていたとは。それも出版してお金を稼いでいるということは、プロと呼んでいいだろう。鞄に入れて持ち歩いているノートパソコンは、執筆道具なのだろうか。

「気になるだろうから、先に教えておくけれど。こんな本……」

白野さんがスマホで画像を表示し、僕に見せてくる。

そこにはいつか見たことのある、桜の花びらが描かれた白い背表紙の本が写っていた。

「これ！　白野さんの本棚に三冊くらい挿さってたよね！」

「ああ、一度見せたことあったわね。献本でね、出版社から何冊か送られてくるのよ。ただ、執筆活動は内緒にしているし、配る人がいなくてね」

そういうことだったのか、と思う。ヒントは見ていたのだ。それが真実へと繋がっていく。

しかし肝心な、本来知りたかったことについてはわかっていない。

「じゃ、じゃあ、自殺については……」

さっきのキスは捨て身の攻撃だった。何度も試せるわけではない。能力を使う前、「自殺について」としっかり口にしておけばよかったと、僕が後悔の念に駆られていると、

「てっきり気づいたと思ったけれど。まぁもうバレてしまったし、いいわ。教えてあげる」

白野さんがそんなことを口にする。

「もう気づいた？　僕が？」

「ええ。本当に鈍いわね、あなた。自殺の方法を考えていたのは、小説の中のシーンで悩んでいたからよ。どういう死に方にするべきか」

僕は呆然と、白野さんを見つめた。

「……えっと、つまり、自殺は小説の中の話ってこと？」

「……ええ。そういうこと」白野さんはばつが悪そうに目を横に逸らす。

「ほんとに？　前に屋上で、自殺のことを考えながら泣いてただろ？　手帳を見ながらさ。僕、涙で能力を使ったから知ってるんだ。そのあとも、突然部活を休んだりして……」

「あれは、あのとき書いていた作品の、主人公たちの悲しい結末を思うと我慢ができなくて……。手帳はネタ帳よ。部活を休んだのは、締切がピンチで仕方なく」

「締切？　だから最近、疲れて倒れたり……」

「そうね。結構、無理をしていたから」

本当に、白野さんは自殺しようとしていたわけじゃないのか。

「悪いとは思っているわよ。ずっと黙って、あなたを騙すような真似をして。でも、やっぱり小説のこと、バレたくなくて」

「そんな、僕がどれだけ心配したと」

「ごめんなさい」

白野さんが僕に深々と頭を下げてくる。自分に非があるときは、素直に謝る子なのだ。

「……でも、そっか。そういうことだったのか」

自殺、するつもりなんてなかったのか。

なんだか肩の力が一気に抜けていくようだった。心の底から安心した。白野さんがいなくなることはないのだ。

「この際、全部教えてもらっていい？　僕が白野さんについて知りたいこと。キミの秘密」

僕はここぞとばかりに強気に出た。

「何？　もう秘密なんて……」

罪悪感からかまだ項垂れていた白野さんは、少しだけ顔を上げ、首を傾げる。

「どうして恋のキューピッドなんてやってるの？　恋解部をつくった、本当の目的って？」

「恋とはとても素晴らしいものだから。ではダメなのかしら」

「本当にそれが理由なら、僕はもう訊かないけど」

僕がそう言うと、白野さんはふっと息を漏らす。

「そうね。本当の理由は……小説のネタ出し」

「小説の、ネタ出し？」

「そう。言ったでしょう？　私、恋にまつわる短編小説を書いていると。短編だから、ストーリーの軸になるようなネタがいっぱい必要なのだけど、全然いいのが思いつかなくて、締め切りの期日も迫ってきて……。そこで、実際に恋をしている人たちから、何か面白いエピソードや事件を探そうとして」

なるほど。それで恋の相談を募集していたのか。たくさんネタを集めるために、こちらからも恋に悩む人を探しに行っていたというわけだ。

僕が納得していると、白野さんがハッと自嘲するような息を吐いた。

「恋のキューピッドなんて、笑っちゃうわよね。恋解部は誰かのためなんかじゃない、私の私による私のための部活だった」

白野さんは小説のネタ集めのために恋解部をつくったと言った。そして、それを恥じているようである。

だが、本当に恋解部は、白野さんのためだけの部活だっただろうか。

「嫌になったでしょう?」

白野さんが訊いてくる。顔には薄い笑みが張りついていたが、その声はどこか不安げに揺れていた。

「……恋とは素晴らしいものだからって言ったのは?」僕は少し考え、そう口にする。「あれは、本心じゃないの?」

「いえ、それは本心よ。恋とは素晴らしく尊いもの。恋をすれば世界が変わるし、大きく成長できる。楽しくもあり、切なくもあり、苦しくもある。そういう感情を知ることは、人をとても豊かにすると思うわ」

「……そっか。それで、そんな素晴らしい恋が、できる限り多くの人に成就してほしいと、白野さんは頑張ってきたんじゃないの? 小説のネタ集めという前提があったとしてもさ」

「それは……」

「事実、僕ら二人でいくつかの問題を解決してきたじゃないか。感謝してくれてる人だっている。恋解部はちゃんとみんなのためになってる」

もちろん感謝しているのは僕もだ。恋解部は僕の力を必要としてくれた初めての場所だ。

「……まだ、部員でいてくれるかしら？」と、白野さんが僕の表情を窺いながら訊いてくる。

「そりゃあもちろん。弱みを握られていますから」

僕が言うと、白野さんはふふっと笑った。それからようやく余裕が戻ってきたらしく、半目を僕に向けてくる。

「ていうか、この変態。さっきは何してくれたのよ。いきなりキスするなんて犯罪よ！　そんなに法廷に招待されたいのかしら」

「い、いやまぁ許してよ。法律にちょっとかするくらいでしょ？」

「セクハラよセクハラ！　法は変態を許さないようにできてるんだから！」

白野さんはかなりお怒りな様子だ。またしても僕は弱みを握られてしまったかもしれない。でも、とんでもないことをした自覚はあるし、仕方ないか、と思っていたときだ。

「……でも、まぁ、許してあげるわ。今回は隠し事をした私が悪いわけだから。特別に」

そう言いながら白野さんは目を逸らし、そっと手首を唇に当てた。眩しい斜陽の中、その頬は赤く染まっている。

「それに、上河くんが私をどう思っているかよくわかったしね。なんだっけ、『大切なんだ！』だっけ」

「あ、いや、それは」

今度は僕が赤くなる番だった。

「大切ねぇ。ふーん。変態は私のことそんなふうに見ていたのね」

「ちっ、ちが……いや、違わないけどさ」

「あら、意外。認めたわね」

「そりゃあ、もうバレてるも同然だし。……それに、それが僕の本心だし」

白野さんの顔もますます赤くなったのは、気のせいではないだろう。「そ、そう」と言って腕を組み、白野さんはそっぽを向いた。

「あ、そういえばまだ知りたいことあったよ」

「何よ。さっきのでもうおしまいよ」

「いや、全部教えてもらうって約束だし」

「そんな約束した覚えないのだけど……」

ぶつぶつとぼやく白野さん。だが、真実を確かめるには今訊ねるしかない。

「白野さんって、彼氏はいるの？」

答えが返ってくるまで、下腹の辺りがきゅーっと締めつけられるような感覚だった。返事を聞くのが怖かったが、

「彼氏？　いないわよ」と、白野さんはあっさりと言った。

「い、いないの？」

「ええ」

「てっきりいるものだと思ってた。あ、でも、好きな人はいるでしょ？」

「それもいないわ。どうして？」

「だ、だって、いつも熱心に恋愛の素晴らしさを語ってるし、きっと恋してるんだろうなあと。自分がそれを知ってないと、語れないでしょ？　だけど、自分に恋はできないなんて言いだすから、混乱して……」

白野さんは視線を落とし、低い声で唸った。しばし間を置き、静かに口を開く。

「んーとね……。恋は、したことあるわ。昔、一度だけ」

「へ、へぇ、やっぱりあるんだ。……それって、つき合ってたりしたの？」

僕は恐る恐る訊ねる。心の中では、頷かないでくれと祈っていた。

「いえ。そういうことはなかったわ。フラれたの」白野さんは首を左右に振った。

「フラれた？」

「そう。私ってほら、本性はこういう感じでしょう？　言いたいことを言っちゃうし、男性が相手でもしばしばいくっていうか。よく冷徹だねとか、狡猾だねとか言われてた」

それはどうも、黒野さんのことを言っているようだ。

「今はね、上河くんの前でしか素は見せていないけれど、中学の頃はみんなの前でもこんな感じだった。そしたらね、フラれちゃったの。『俺、もっと大人しくて優しい子が好きだ』なんてね。それからね、教室でふわっと上品な雰囲気を出すようにしだしたのは。そちらの方が何かと都合がいいし」

白野さんにそんな過去があったとは。それで普段は静かにすごすようになったのか。僕が驚いていると、白野さんは話を続ける。

「でもね、片想いだったけれど、恋のすごさはわかったわ。毎日がキラキラしていた。少しでもその人に好かれようと、自分を磨く努力をした。結果、フラれても後に残るものが多くあった。私は驚いたのよ。世の中に、こんなにも人を変えるものが存在するなんて。初めて小説を書こうと思ったとき、迷わず恋愛を題材に選んだわ。書き上げたものをネットに投稿したら、たまたま口コミで広がってヒット、出版という流れになった。やっぱり、人は誰しも恋に夢中になるものなのよ」

「そうだったんだ……。でも、恋なんてできないっていうのは？」

「それは、私の性格が悪いからよ。もしつき合うことになったとして、ずっと教室と同じように誤魔化していくのは無理。恋人の前まで自分を偽り続けるのは、私が耐えられない」

「なるほど。それで、恋ができないと……」

そういうことだったのか。ずっと心に引っかかっていたものが取れた感覚だ。

「ええ。それが私の抱える恋の問題よ」

自嘲気味な笑みを浮かべ、白野さんは斜め下の床を見る。

迷ったのは一瞬、僕は口を動かしていた。

「それって、すでに白野さんの意地悪な性格を知ってる相手がいたらどう？」

白野さんが驚いたように目を大きくして僕を見た。

「ねぇ、最後にもう一つだけ、訊いていい？」

「し、質問が多いわよ。どれだけ私のことを知りたいの、変態」

白野さんが戸惑い混じりに罵ってくる。だが、これだけは訊いておかなければならない。

「白野さんはさ、さっきのがファーストキス?」

「なっ——」

白野さんは口を開けたまま一瞬フリーズし、すぐに首を横に向けて腕を組んだ。

「……そうだけど……でもっ、あれはノーカンでしょ、ノーカン」

ファーストキス、だったのか。嬉しいのと同時に、申し訳ない気持ちも押し寄せてくる。

「ごめんね。こんなやり方しか思いつかなくて」

法廷に招待されたいの、と、さっき白野さんは怒っていたが、実際のところそれで気が晴れるのなら裁判でもなんでも起こしてくれていい。ただどうしても、キスをしたという事実は消えないわけだが。

「そんなのもう、別にいいわよ。さっきも許すと言ったでしょう? それに……」

白野さんは言いかけて、しかし口ごもる。少し迷うように視線を泳がせたあと、真っ直ぐに僕を見た。

「それだけ私を心配してくれたんでしょう? ……なら、いいわよ。ありがとう」

胸の辺りがじんと痺れる。全身がかーっと熱くなった。

「恋解部に無理やり入れてくれてありがとう」

感極まって、僕は白野さんの方へ腕を広げてみせる。

「逃げ出さずにつき合ってくれてありがとう」

白野さんは軽く微笑み、指を伸ばして僕の胸をちょんと突いた。

変態への対応としては、中々優しい方ではないだろうか。

思えば始まりは最悪だった。わけのわからない部に入部させられ、変態扱いされながらこき使われる日々。だけど今は、そんな恋解部が僕のかけがえのない居場所となっている。

「だいたいあなた、私が自殺すると思って必死すぎるのよ。ちょっと事件を解決できたからって調子に乗らないでほしいわ」と、白野さんがわざとらしく頬を膨らませて言う。

「ちょ、調子になんか乗ってないよ」

僕は慌てて否定する。そして改めて考えて、やはり驕ってなどいないと再確認する。

恋解部で活動する間、僕の能力の使いどころはほぼ白野さんが作ってくれていた。僕はそれを認め、彼女から学ぶ姿勢を取っていた。まだ僕一人でこの癖のある能力を使いこなすのは難しいだろう。

だけど僕は、ようやく自分の能力を肯定的に捉えられるようになった。

これは僕にとって大きな成長だ。

自分の心の泣き所を、許してくれる誰かと出会えたおかげで、僕は一歩踏み出すことができたのだ。

彼女といれば可能性は広がるばかり。いつかはこの能力が好きになれる気さえする。

僕は妙な興奮状態にあった。恥ずかしさなど、とうに振り切っていた。だから気づけば、普段ならば絶対に言えないことを口にしていた。

「ねぇ、正式に依頼してもいいかな？　今度は僕の恋愛を解決してよ」

恋の相手本人に向かって、何を言っているのか。脳が痺れるような気分だった。

白野さんはふっと息を揺らした。どこか楽しげに、口を開く。

「それは自分でなんとかしてみなさい。あなたも恋解部の一員でしょう」

彼女にはやっぱり、不敵な笑みがよく似合うと思った。

終

本作品は当文庫のための書き下ろしです。

本作品はフィクションであり、実在の個人・団体などとは一切関係がありません。

文芸社文庫

恋愛解決部！

二〇一八年九月十五日　初版第一刷発行

著　者　叶田キズ
発行者　瓜谷綱延
発行所　株式会社　文芸社
〒一六〇-〇〇二二
東京都新宿区新宿一-一〇-一
電話　〇三-五三六九-三〇六〇（代表）
〇三-五三六九-二二九九（販売）
印刷所　株式会社暁印刷
装幀者　三村淳

ISBN978-4-286-19619-0